Christine Barbara Philipp
Ljuba Arnautovic

Der Krieg sitzt mit am Mittagstisch

W0396727

Mit einem Vorwort von
Max Mannheimer

Edition Aura Mundi

Impressum:

© 2016 Edition Aura Mundi by Christine Barbara Philipp
Alle Urheberrechte sind Christine Barbara Philipp und Ljuba Arnautovic vorbehalten

1. Auflage 2016
2. Auflage 2020 (überarbeitet)

Christine Philipp
82347 Bernried / Deutschland
Weilheimer Straße 19
Christine.Philipp@t-online.de
Ljuba Arnautovic
Wien / Österreich

Auf Facebook: Edition Aura Mundi
Und: Der Krieg sitzt mit am Mittagstisch
Hergestellt mit Affinity Publisher
Umschlagbild/Schmutztitel: shutterstock/azin-v
Bild innen: shutterstock/Tribalium

ISBN: 978-3-924699-24-6
ISBN e-Book: 978-3-924699-25-3

EDITION AURA MUNDI

Inhaltsverzeichnis

GRATISBUCH auf Reisen
NIMM MICH MIT
www.bookcrossing.com
BCID:
929-17458472

Vorwort

Als ich 1985 gebeten wurde, meine persönlichen Aufzeichnungen aus den Konzentrationslagern Theresienstadt, Auschwitz und Dachau, die ich für meine Tochter Eva aufgeschrieben hatte, einem größeren Publikum zugänglich zu machen, stimmte ich zu – nicht ahnend, damit eine Flut von Anfragen von Menschen und Institutionen auszulösen, die alle um Vorträge baten.

Ich steckte nun in einem inneren Konflikt: Zunächst fühlte ich mich geehrt, dann spürte ich ein Gefühl der Verpflichtung. Geehrt deshalb, weil noch 40 Jahre nach meiner Befreiung aus dem KZ es Menschen gab, die sich für mein Schicksal interessierten. Und Verpflichtung gegenüber den Ermordeten wie auch den Überlebenden jener Tötungsfabriken, die jede Vorstellung einer menschenwürdigen Existenz ins Gegenteil verkehrten. Ich sah und sehe mich als Zeitzeugen, als Aufklärer, nicht als Ankläger. Als einen, der allen Nachkriegsgenerationen eines mit auf den Lebensweg geben will: Ihr seid nicht verantwortlich für das, was geschehen ist. Aber dafür, dass so etwas Schreckliches nie wieder geschieht, sehr wohl.

Indem ich von meinen Erlebnissen berichtete, erweckte ich die grausame Vergangenheit zum Leben. Ich, der geschworen hatte, den Blick nur noch nach vorne zu richten. Ich ging in jedem meiner Vorträge zurück nach Auschwitz-Birkenau, jenes KZ, in dem ich meine Eltern, meine Schwester Käthe, meinen Bruder Erich, meine Schwägerin und meine Ehefrau zum letzten Mal gesehen habe. Ich spürte wieder den Schmerz der Tätowier-Nadeln, die in meinen linken Unterarm die Zahl 99728 stachen, das Zeichen dafür, dass ich jeglichen Rechts auf Menschenwürde beraubt war. Ich war nur noch eine Nummer, ein Objekt – ausgesetzt der Willkür eines menschenverachtenden Systems, das mich bis heute prägt. Mein Leben im KZ ist von Schmerz, Verlust, Verfolgung, Ausgrenzung und Vernichtung gezeichnet. Doch es ist nicht davon bestimmt worden. Es gab und gibt immer ein Davor und ein Danach.

Heute weiß ich, dass es für die meisten Überlebenden enorm wichtig ist, über die persönlichen Erlebnisse zu reden. Wenn ich über die Konzentrationslager spreche, tue ich es, ohne mich von ihren Dämonen einfangen zu lassen. Ich möchte Brücken bauen zwischen den Menschen aus unterschiedlichen Herkunftsländern über alle religiösen, kulturellen und politischen Hindernisse hinweg.

Was wird sein, wenn es uns Zeitzeugen einmal nicht mehr geben wird? Wer wird unser Erbe antreten, wer wird berichten, aufklären, warnen?

Es freut mich erleben zu dürfen, dass all diese Vorträge, all dieses oft schmerzhafte Eintauchen, nicht folgenlos geblieben sind. Dass wir einen Keim haben legen können. Dass eine neue Generation herangereift ist, der es ein Bedürfnis ist, uns zuzuhören, sich mit der Vergangenheit auseinanderzusetzen. Zwar haben sie nicht erleben müssen, was uns widerfahren ist. Jedoch sind auch die nach dem Krieg Geborenen nicht verschont geblieben von den Folgen der Verbrechen des 20. Jahrhunderts.

Der vorliegenden Text „Der Krieg sitzt mit am Mittagstisch“ behandelt das Schicksal zweier vollkommen unterschiedlicher Familien aus der Sicht der Verfasserinnen. Die geschickt gewählte Form eines Briefwechsels der beiden ehemaligen Schulkameradinnen, die einander aus den Augen verloren hatten, bietet die Möglichkeit zur Erzählung von Vergangenem, aber auch zur Reflexion aus heutiger Sicht. Es geschieht dies in einer Offenheit, wie sie während der gemeinsamen Schulzeit der Freundinnen noch nicht möglich gewesen wäre. Es bedarf der Reife einer Erwachsenen, um sich selbst als von kriegstraumatisierten Eltern Beschädigte wahrnehmen zu können und die nötige Distanz zu entwickeln, um darüber sprechen zu können.

Der Nationalsozialismus und der Krieg endeten nicht im Mai 1945. Eindringlich machen die beiden Autorinnen klar, dass das Trauma der Kriegsgeneration bis heute viele Familien beeinflusst – ganz gleich, ob die Vorfahren zu den Opfern oder Tätern zählten.

Die Autorinnen dieses Buches haben genau hingesehen und hingehört. Sie arbeiten nicht bloß Vergangenes auf, sie entdecken Anzeichen und Gefahren in der Gegenwart und setzen sie in Beziehung, sie bleiben dadurch wachsam. Wachsamkeit ist eine Voraussetzung für den Frieden.

Meine Überzeugung ist: Nicht das Vergessen und Verschweigen, sondern das Darüber Reden schafft die Grundlage für ein deutliches „Nie wieder!“

Lassen Sie mich Ihnen dieses Büchlein wärmstens

empfehlen. Lesen Sie es. Und geben Sie es weiter an Ihre Kinder.

Max Mannheimer

Max Mannheimer starb am 23. September 2016 in München im Alter von 96 Jahren.

1. Brief

Liebe Nina,

das war ja eine schöne Überraschung, Dich nach mehr als dreißig Jahren so unverhofft auf unserem Klassenteffen zu sehen. Ich denke oft an die schönen Jahre unserer Freundschaft und wenn ich die Fotos von damals in die Hand nehme, zieht immer ein Lächeln über mein Gesicht. Auch wenn sich ein paar Runzeln auf die Stirn geschlichen haben, die Haare etwas kürzer sind, wir wohl schon länger einen BH tragen und Hüftgold unsere Silhouette ziert – so richtig, so wesentlich haben wir uns nicht verändert. Als ich Dich sah, warst Du so vertraut wie eh und je.
Ich glaube nicht an Zufälle, sondern an die innere Ordnung der Dinge und so wundert es mich auch nicht, dass mich unserer Zusammentreffen so nachhaltig und tief berührt hat – drängten doch dadurch Themen an die Oberfläche, die mich so viele Jahre schon beschäftigen und die ich bislang nicht so richtig in Worte fassen konnte.
Es ist schon sehr interessant, dass wir beide im Grunde genommen unserer Mission, „die Welt durch Informationen zu verändern", treu geblieben sind. War es damals mit unserer Schülerzeitung „Freiheit 2000", so haben wir, Du mit Deiner Arbeit beim Fernsehen und ich mit meiner Arbeit bei einem Nachrichtenmagazin, daran angeknüpft.
Schade, dass wir so wenig Zeit für einen Gedankenaustausch hatten und dadurch, dass wir so weit voneinander

entfernt wohnen, uns nicht einfach mal so auf einen Kaffee treffen können. Trotzdem habe ich in unserem kurzen Gespräch gemerkt, dass uns ähnliche Dinge bewegen und umtreiben.
Es ist schon seltsam. Mich lässt einfach ein Satz zum Ende unseres Gesprächs nicht mehr los, den ich schon hundertmal wie ein Mantra heruntergebetet habe und der sich plötzlich nicht mehr richtig anfühlt. Vielleicht erinnerst Du Dich, dass ich meinte, was wir doch für ein unglaubliches Glück haben, nicht in Kriegszeiten geboren zu sein und im Frieden zu leben.

Ich sitze gerade auf dem Flughafen von Nowgorod fest – mein Flug wurde wegen technischer Schwierigkeiten verschoben. Auch das noch! Denn ich habe eine wirklich harte Woche hinter mir. Mein Chefredakteur schickte mich für einen Bericht über Mjasnoi Bor nach Russland, um über diesen tragischen Kriegsschauplatz aus dem II. Weltkrieg zu recherchieren und eine Reportage zu verfassen. Und obwohl mir dieser Ort kein Begriff war, beschlich mich schon im Vorfeld ein komisches Gefühl. Kein Wunder. Schon meine ersten Nachforschungen ließen mir die Haare zu Berge stehen. Im Juni 1942 waren dort russische Truppenverbände von der deutschen Wehrmacht eingeschlossen und man spricht von mindestens 34.000 russischen Soldaten, die im umliegenden Wald und in den Sümpfen verhungert sind oder getötet wurden. Andere Quellen sprechen von weiteren zehntausenden, unbestatteten Kriegsopfern.

In Nowgorod wurde ich von Professor Alexej Buschenkow in Empfang genommen, dem leitenden Archäologen für das „Tal des Todes“, wie die Gegend heute genannt wird. Auf der Autofahrt nach Mjasnoi Bor berichtete er mir von den Arbeiten, die er und andere Organisationen leisten, um die sterblichen Überreste gefallener Soldaten zu bergen und in Gräber umzubetten.

Noch war für mich alles Theorie. Das änderte sich schnell, als wir im Dorf ankamen und in ein großes Militärfahrzeug mit Raupenantrieb umstiegen. Schwerfällig bewegte es sich in die waldige Sumpflandschaft und grub eine tiefe Spur in den Boden. Nach einer endlos scheinenden Fahrt erstarb endlich das Motorengeräusch und wir stiegen an einem kleinen Basislager aus, das Studenten notdürftig eingerichtet hatten. Und obwohl wir uns inmitten einer großen Waldlandschaft befanden, herrschte hier eine beklemmende Stille. Kein Vogel war zu hören. Kein Rauschen in den Bäumen. Ich bekam schwere Gummistiefel und stapfte hinter Buschenkow her, bis wir auf seine kleine Ausgrabungstruppe stießen. Fünf junge Leute – drei Männer, zwei Frauen – steckten alle in olivfarbener Arbeitskleidung und hielten Spaten oder Äxte in den Händen, mit denen sie den Boden durchsuchten.

„Warum Äxte?“ fragte ich den Professor. Er ging mit mir zu einem jungen Mann, der gerade das scharfe Metall in die Erde jagte. Er durchtrennte damit Baumwurzeln, die über ein Skelett gewachsen waren und es festhielten. Fast wie die Klaue eines Dämons sein Opfer. An den Knochen klebten vereinzelte Stofffetzen und ich entdeckte oberhalb des Brustbeins eine

Erkennungsmarke. „Nemetskiy soldat“ hörte ich eine junge Stimme. Sie gehörte Jana, einer der beiden Studentinnen. „German soldier“, übersetzte sie ins Englische. Mir wurde schlecht.

Kurz vor meinem Abflug hatte ich noch bei meinen Eltern vorbeigeschaut, um mich zu verabschieden. Meine Mutter, nun ja immerhin schon über 90 Jahre alt, erkundigte sich, wohin ich dieses Mal reisen würde. „Nowgorod“, erklärte ich. Und ergänzte fast beiläufig: „Mjasnoi Bor“. Meine Mutter wurde blass, schwankte für einen kurzen Moment. Dann flüsterte sie: „Im Fleischwald ist mein Bruder, Dein Onkel Hans, verschwunden.“

Das hatte ich nicht gewusst. Für mich galt Onkel Hans, den ich nur von alten Fotografien her kannte, einfach als vermisst. In Russland. Auf einem anderen Planeten.

Und der Begriff „Fleischwald“! Ich hatte ja keine Ahnung von der Übersetzung von „Mjasnoi Bor“!

Nun starrte ich auf ein Skelett, das der Sumpf nur widerwillig freigab. Der Schädel lag bereits auf einer grünen Plane, in die die Überreste verpackt wurden, um den Gefallenen zu seiner letzten Ruhestätte, einem Soldatenfriedhof, zu bringen. Er war braun gefärbt, wie der Boden. Jana hatte sich gebückt und die Marke aufgehoben. Sie zeigte sie mir. Erleichtert und gleichzeitig enttäuscht sah ich vage Vertiefungen im Metall, die hier vor Ort nicht zu entziffern waren. Über siebzig Jahre der Urgewalt der Natur ausgesetzt, hatte sie vielleicht ihre Bestimmung verloren.

Ich wollte kurz allein sein und entfernte mich ein Stück von der Gruppe. Der Sumpf zog mir an manchen Stellen fast die Stiefel aus und ich keuchte vor Anstren-

gung. Außer Atem lehnte ich mich gegen eine Birke und schloss für einen Moment die Augen. Die harte Rinde drückte gegen meine Gefühle. Mein Kopf dröhnte und eine Beklemmung griff nach meinem Herzen und zog es zusammen.
„Es ist nicht ratsam, sich hier im Wald allein zu bewegen." Die Stimme von Jana holte mich ein, bevor sich meine Angstattacke richtig entwickeln konnte. Wir setzten uns zusammen auf einen umgefallenen Baumstamm.
„Alles hier ist bedrückend. An manchen Tagen scheint es so, als würden die Toten mit uns reden, als wären sie noch im Schlachtgetümmel. Die Leute im Dorf schwören, dass sie immer wieder Schreie und Kampfgeräusche aus dem Wald hören. Niemand kommt auf die Idee, nachts hierher zu kommen. Dieser Wald ist verflucht."
Ich nickte nur. Mein Blick streifte über den Boden und blieb an etwas Rotem hängen. Ein kleines Dreieck ragte neben einer Fichte aus dem Erdreich. Mir schwante Schreckliches. Ich kniete nieder und begann, mit bloßen Händen die Erde um das rote Etwas herum wegzukratzen. Aus dem Dreieck erwuchs ein fünfzackiger Stern.

In dieser Nacht quälte mich ein Albtraum. Ich stand auf einer weiten Ebene. Die Sonne beschien Weizenfelder, die sich bis zum Horizont erstreckten und sich im Azurblau des Himmels verloren. Die reifen Ähren bewegten sich im Wind wie goldene Wellen. Alles wirkte so friedlich. Doch plötzlich entdeckte ich einen schwarzen Punkt, der sich schnell näherte. Er schnitt eine Schneise in die Felder und wurde immer größer. Es waren Panzer, die auf mich zurollten und je näher sie kamen, umso lauter wurde der todbringende Lärm. Panik stieg in mir auf. Ich drehte mich um und lief auf ein Bauernhaus zu, um Schutz zu finden. In meiner Not hämmerte ich an die Tür. Von drinnen war kein Geräusch zu hören. Also drückte ich die Klinke, riss die Tür einfach auf und schlug sie hinter mir zu. Doch in der Bauernstube herrschte das Grauen. Drei tote Kinder, zwei kleine Mädchen und ein älterer Junge, lagen blutüberströmt am Boden. Der Vater saß mit einem Kopfschuss an die Wand gelehnt und starrte mit von Entsetzen geweiteten Augen durch mich hindurch auf die Tür. Wie in Zeitlupe drehte ich mich um. Die Bauersfrau war an die Tür genagelt worden. Der Todeskampf gegen ihre Peiniger stand ihr ins Gesicht gefroren, und mir krampfte sich das Herz zusammen. Draußen nahm der Kriegslärm zu. Verzweifelt suchte ich nach einem Ausweg. Ein schwerer Bauernschrank bot meine einzige Hoffnung auf ein Versteck und ich kroch hinein. Atemlos lauschte ich den Geräuschen. Ich hörte, wie Holz krachte und schwere Stiefelschritte in meine Richtung hämmerten. Die Schranktür wurde aufgerissen und ich sah die Umrisse eines Soldaten. Auf seiner Mütze glänzte ein fünfzackiger, roter Stern. Ich schaute in die Mündung eines Gewehres. Ein greller Blitz jagte auf mich zu. Ich schrie. Dann wachte ich schweißgebadet auf. Erst als ich die Nachttischlampe anknipste, kam ich wieder richtig zu mir.

Dieser Traum, Nina, war kein Traum im eigentlichen Sinne. Es war die Interpretation meiner Kinderseele von

einer der zahllosen Kriegsbegebenheiten, die mein Vater uns erzählte.
Seit ich mich erinnern kann, saß der Krieg bei uns zuhause am Samstag und am Sonntag mit am Mittagstisch. Schon während meine Mutter die Suppe schöpfte, schaffte es mein Vater von Nebensächlichem den Bogen zu seinem Monolog zu spannen, der meine Geschwister und mich jahraus, jahrein durch unsere Kindheit begleitete.
Während wir die Nudeln aus der Brühe löffelten, folgten wir dem jungen Soldaten auf Spähtrupp durch dichte Wälder. Die ersten Bomben schlugen in der Nähe unserer Teller ein.
Zum Hauptgericht trat das Grauen in unser Esszimmer. Der Russe war da. Ganz nah, so dass ich ihn spüren konnte. Er war ein gesichtsloser Feind: Grausam und hart. Unbarmherzig. Und er brachte immer den Tod. Jedes Dorf, durch das wir mit unserem Vater streiften, war gepflastert mit Leichen, die auf bestialische Weise zerstückelt und gequält worden waren. Eine Bauersfrau war an die Tür ihres eigenen Hauses genagelt worden. Sie hatte gestern aus Mitleid den deutschen Soldaten Eier geschenkt.
Zum Nachtisch landeten wir oft im harten russischen Winter des Kaukasus. Ich erinnere mich noch an den armen Soldaten, der auf der Flucht vor Wölfen auf einen Masten geklettert und erfroren war, bevor seine Kameraden die Bestien vertreiben konnten. Und an Vaters Freund Max, der von einer Patrouille nicht wieder ins Lager zurückgekehrt war. Und während wir den Schokoladenpudding aßen, verloren Kameraden erfrorene Beine und Finger. Meine Mutter schwieg. Nur,

dass wir alles aufaßen, was wir auf dem Teller hatten, schien ihr wichtig.
Der Besuch von Mjasnoi Bor hat dem Krieg, in den mein Vater im Alter von 17 Jahren zog, plötzlich ein Gesicht gegeben. Ich sah einen Vorplatz der Hölle, die er jeden Tag erleben musste und die durch seine Erzählungen immer wieder lebendig wurde – mit all ihren Gespenstern.

Auf dem Flug nach Nowgorod hatte ich in der Zeitung die Studie eines englischen medizinischen Fachblatts gelesen. Es ging darum, dass politische, vor allem kriegerische Konflikte zu schweren posttraumatischen Verhaltensstörungen führen.
Interessant für mich persönlich war zu erfahren, dass diese Verhaltensstörungen laut Wikipedia (das habe ich gerade gegoogelt) „definitionsgemäß ein oder mehrere belastende Ereignisse von außergewöhnlicher Bedrohung oder katastrophalem Ausmaß voran (gehen). Dabei muss die Bedrohung nicht unbedingt die eigene Person betreffen, sondern sie kann auch bei anderen erlebt werden (z. B. wenn man Zeuge eines schweren Unfalls oder einer Gewalttat wird)."
Und genau diese Zeugen waren ich und meine Geschwister bei den Erlebnissen meines Vaters. Ich bin heute fest davon überzeugt, dass die Kinder der Kriegsgeneration unmittelbar an den Ereignissen teilnehmen/teilnahmen – so als wären wir/sie mit dabei gewesen.
Ich erinnere mich an viele Details, die unser Vater erzählte. Ich spüre die Minusgrade in den Lagern, die Taubheit, die langsam in die Glieder zieht. Ich sehe durch die Bäume die Stellungen der Russen, die Läufe

der Kanonenrohre, die sich langsam auf meinen Vater und seine Kameraden ausrichten. Und ich höre in meinen Nächten die Schreie der Verzweifelten und Sterbenden, die bis heute noch meinen Vater bis in die Nacht verfolgen und ihn vom Schlafen abhalten. Und wenn ich ehrlich bin – mich auch.
Plötzlich wird mir eines klar: Der Zweite Weltkrieg endete für uns Deutsche nicht im Mai 1945. Er war auch nicht zehn Jahre später vorbei, 1955, dem Jahr in dem ich geboren wurde. Und er ist heute immer noch nicht zu Ende. Nicht für mich. Nicht, so lange ich nicht endlich selber Frieden mit der deutschen Geschichte geschlossen habe.

Liebe Nina, ich hoffe auf Resonanz auf dieses Thema, das meine Seele sehr bewegt.

Ich wünsche Dir alles Liebe
Barbara

2. Brief

Liebe Barbara,

ich habe mich sehr über deinen Brief gefreut und ganz besonders darüber, dass es nicht nur ein Lippenbekenntnis geblieben ist, unser Versprechen, miteinander in Kontakt zu bleiben.
Wie sich die Dinge doch zusammenzufügen scheinen, fast möchte man an Vorsehung glauben. Dein Brief landete in meinem Wiener Briefkasten, als ich gerade auf einer Russland-Reise war. Nicht dass du glaubst, als gebürtige Russin sei das Routine für mich. Ich habe quasi zum ersten Mal in meinem Leben „Russland" besucht, denn zuletzt habe ich dieses Land noch als „Sowjetunion" erlebt. 25 Jahre sind vergangen, seit ich zuletzt dort gewesen bin. Seither hat sich Manches verändert, und ich habe mich darauf gefasst gemacht, mich gewappnet, wie man so schön sagt. Umso überraschender war es, zu sehen, zu hören, zu riechen, wie vieles – bei all der Veränderung – doch geblieben ist, wie ich es in Erinnerung hatte.
Mein Lebensweg hat mich weit weg geführt von meinen Wurzeln. Im Alter von sechs Jahren bin ich nach Wien gekommen, mit zwölf dann nach München, wo sich unsere Wege ja gekreuzt haben. Ich bin in den Westen hineingewachsen, die westliche Kultur und Gegenkultur haben mich geprägt, samt seinem Katholizismus und seiner Rockmusik. Es war, ähnlich wie wahrscheinlich bei dir, ein Annehmen und Gutheißen dieser Kultur, oder eben Ablehnung und Widerstand gegen einen Teil ihrer Werte.
Und doch begleitete mich dieses „Russin"-Sein durch mein gesamtes Leben. In den Innenhöfen unseres So-

zialbaus in Wien, einer mächtigen, sich über fast einen Kilometer erstreckenden Anlage, die den Namen Karl-Marx-Hof trägt, wurden meine jüngere Schwester und ich mit diesem Wort beworfen. Meine Schwester wehrte sich verbal und auch körperlich gegen die Beschimpfung, die sie verletzte. Mir klang es schon damals wie ein Prädikat, das etwas Besonderes bezeichnete und ich empfand etwas, das ich erst viel später, als mein Wortschatz reicher geworden war, als das Gefühl von diffusem Stolz diagnostizierte.

Möglicherweise, so versuche ich heute diese unterschiedliche Wahrnehmung unter Geschwistern zu erklären, war es meine Hortleiterin, die mich geprägt hat.

Kindergarten und Hort befanden sich in einem der zahlreichen Höfe, und die „Tante Hedi“ lebte selbst seit ihrer Geburt auf Stiege 8. Die runde, grauhaarige Frau mit den freundlichen Augen hat uns Kinder, kaum waren die Hausaufgaben erledigt, sehr oft um sich versammelt und von den „Zeiten“ erzählt. Sie erzählte vom Roten Wien, der Zeit zwischen den beiden furchtbaren Kriegen, als die Menschen voller Hoffnung gewesen sind. Davon, wie der Karl-Marx-Hof und die vielen anderen Wohnbauten für die Arbeiterinnen und Arbeiter entstanden sind und welche Idee dahinter gestanden hat, nämlich das Recht aller auf menschenwürdiges Wohnen. Sie erzählte von all den Einrichtungen, die damals gegründet worden sind, von den Arbeitersportvereinen und Volksbildungsstätten, von den öffentlichen Büchereien und Jugendorganisationen. Sie erzählte von der Ernsthaftigkeit, mit der plötzlich viele einfache Menschen nach Bildung strebten, weil sie erkannt hatten, wie wichtig die für ein gutes Leben ist. Und sie erzählte, wie all dies schlagartig sein Ende fand, in den Februartagen des Jahres 1934, als in Österreich eine Revolte gegen den anrollenden Faschismus ausbrach, die nach wenigen Tagen niedergeschlagen war. Sie führte uns zu einer Stelle an die Straßenseite des Karl-Marx-Hofes und zeigte hinauf zum dritten Stock. Die Fassade war an einer Stelle ausgebessert worden. Das seien noch die Spuren eines unglaublichen Vorfalls, erklärte „Tante Hedi". Polizei und Militär hatten mit einer Kanone ein riesiges Loch in das Haus geschossen, mitten ins Wohnzimmer einer Familie.

Sie erzählte vom Faschismus, der folgte und alles zunichte machte, was die Menschen geschaffen und sich von der Zukunft erhofft hatten. Sie erzählte von Familien, die flüchten mussten, auch ihre beste Freundin war eines Tages verschwunden. Sie erzählte von denen, die die Flucht nicht mehr geschafft haben und in Viehwaggons fortgebracht wurden. Ein halbwüchsiger Junge von Stiege 12, in den sie als Mädchen ein wenig verliebt gewesen war, hatte seine Lehrstelle außerhalb Wiens und kam nur übers Wochenende heim. Eines Freitags traf er auf wildfremde Menschen, die sich in der Wohnung zu schaffen machten. Seine Eltern, seine beiden kleinen Schwestern und seine Oma waren „weg", wie ihm der fremde Mann erklärte, und die Wohnung sei jetzt ihm und seiner Familie vom Wohnungsamt zugeteilt worden. Der Bub durfte nicht einmal mehr seine Sachen herausholen: „Verschwind, sonst hol ich den Blockwart". Er läutete bei uns an, meine Mutter verköstigte ihn und ließ ihn übernachten, am nächsten Tag ging er fort, und bis heute weiß niemand, was aus ihm geworden ist.

Sie erzählte von der Schrecklichkeit des Krieges an den Fronten, wohin die jungen Männer zum Sterben geschickt wurden, von all den verzweifelten Müttern und Schwestern, wenn schon wieder eine Todesnachricht kam. Aber auch von Krieg daheim, in Wien. Sie erzählte von Verrätern, auch Familienmitglieder haben einander manchmal denunziert; von neugierigen Blockwarten, die nach Verdächtigem Ausschau hielten und sofort Meldung machten; von Heldinnen und Helden, die ein oder mehrere Leben retteten, indem sie Verfolgte versteckten und ihre Lebensmittelmarken mit ihnen teilten, wie die alte Frau von Stiege 29, die ihre Schwägerin viele, viele Monate lang in einem Schrebergarten versteckte und jeden zweiten Tag die lange Fahrt hinaus zum Garten machte, ihre Lebensmittel mit ihr teilte und das Risiko auf sich nahm, entdeckt und schwer bestraft zu werden. Ihr Bruder hatte sich von der Jüdin scheiden lassen, eine „Mischehe“ machte damals jede Karriere unmöglich.
Und sie erzählte uns von jenen, die schließlich all diesem Elend ein Ende setzten. Es waren die Russen, die die Stadt befreiten.
Diese Szenen aus deiner Kindheit, Barbara, die du beschreibst, haben mich schockiert: Der vom Krieg traumatisierte Vater, der seine Kinder – ich finde kein anderes Wort: missbraucht, indem er das Zusammenkommen der Familie am Mittagstisch zur Verarbeitung seiner Traumata benützt. Ich kann nicht beurteilen, und will es auch nicht, ob ein schweigender Vater besser wäre, einer, der den Schmerz und den Wahnsinn in seinem Kopf und in seinem Körper eingesperrt hält. Dieser Schmerz und Wahnsinn sucht sich früher oder später

ja doch einen Weg nach draußen, ganz gleich in welcher Form, sei es als explosiver Gewaltausbruch oder als eine bösartige Krankheit.
Bitte verzeih, liebe Barbara, falls ich dir mit diesen Worten zu nahe getreten sein sollte. Immerhin handelt es sich um deinen Vater, und Kinder lieben nun mal ihre Eltern, ganz gleich wie die sind oder was sie tun. Das ist eine Verstrickung, die uns Menschen schicksalhaft mitgegeben zu sein scheint. Diese Verstrickungen zu erkennen und die Eltern trotzdem lieben zu können, ist wohl eine unserer wichtigsten Aufgaben.
Ich möchte dir von einer Episode erzählen, über die ich heute noch schmunzeln muss. Wie du weißt, war mein erster Freund Jochen der Sohn eines Mannes, der von früher Jugend an von der nationalsozialistischen Ideologie geprägt worden war. Der Krieg, der ihn als einbeinigen Invaliden und all seiner Ideale beraubt zurückließ, war in den 1970ern lange vorbei, aber als sein Sohn ihm sagte, seine Freundin sei in Russland geboren worden, muss ihn die Panik erfasst haben. Als meine Beziehung zu Jochen nach einem Jahr immer noch bestand, wurde ich – das erforderte wohl der Anstand – zum Mittagessen eingeladen. Jochen holte mich von der Straßenbahnhaltestelle ab, und ich merkte ihm beim Händchenhalten seine Nervosität an. In der Wohnung wurde ich in einen Raum geführt, der nur den Mahlzeiten vorbehalten war. Das war mir fremd, noch dazu wo die drei Kinder sich mit einem Zimmer begnügen mussten. Dort erwartete man uns bereits. Am Stirnende des Tisches saß der Vater, ich wurde direkt ihm gegenüber platziert. Seitlich saßen die Geschwister, und die Mutter kam so gut wie gar nicht zum Sitzen. Die Stimmung war klamm, anders

kann ich es nicht beschreiben. Gesprochen wurde fast gar nicht, und der Vater hielt seine Kinder mit Blicken unter Kontrolle. Ich war froh, als der Nachtisch erledigt war und ich mich verabschieden konnte. Ich weiß nicht mehr, ob an jenem Tag die Sonne schien, aber ich weiß noch genau, wie wohlig warm es mir draußen wurde, und ich atmete tief durch.
Am nächsten Tag grinste Jochen mich an: „Mein Vater ist ganz überrascht gewesen, wie manierlich du gegessen hast. Als Russin ...“

Liebe Barbara, bleibe mir gewogen, und schreibe mir wieder

Nina

3. Brief

Liebe Nina,

herzlichen Dank für Deinen Brief und für Deine offenen Worte – vor allem, was meinen Vater und seine Art der Kriegstrauma-Bewältigung durch ständiges Monologisieren und Repetieren seiner schlimmsten Erlebnisse, anbelangt.
Ja, es gab eine Zeit, da fühlte ich mich tatsächlich„missbraucht". Missbraucht im Sinne eines seelischen Müllschluckers, der keinen Einfluss darauf hat, was man in ihn hineinwirft. Heute sehe ich es etwas differenzierter. Durch meinen ersten (für mich erstaunlich) emotionalen Brief an Dich und Deine mitfühlende Antwort darauf, ergriff ich die Chance, mein bisheriges Leben von einer – ich nenne es jetzt einfach mal so – „höheren Warte" aus zu betrachten.
Ganz interessant war Deine Frage, ob ein schweigender Vater besser gewesen wäre. Nein, ich denke nicht. Warum, fragst Du Dich? Das kann ich beantworten: Ich habe eine schweigende Mutter. Wenn ich ehrlich in mich hineinhorche, ist dieses Schweigen meiner Mutter über die Zeit des Krieges das lauteste Geräusch in meinem Herzen.
Natürlich haben die Geschichten meines Vaters mich in Angst und Schrecken versetzt und mir sicher auch den einen oder anderen Albtraum beschert – aber irgendwie weiß ich, dass ich insgesamt damit besser umgehen konnte, als mit dem Nichterzählen meiner Mutter. Seine Geschichten erinnern mich an jene Märchen, die in ihrer Grausamkeit kaum zu überbieten sind. Da werden Hände, Füße, Köpfe abgehackt, Menschen gehängt, verbrannt und eingemauert. Schneewittchen wird vergiftet,

Hänsel und Gretel von einer Hexe eingesperrt. Märchen klammern das Böse nicht aus. Aber trotzdem hatte ich als Kind nie das Gefühl, damit nicht umgehen zu können. Und irgendwie erinnere ich mich auch an das tröstende Gefühl, dass das Gute doch letztendlich siegen wird. Mit dem Ausgesprochenen kann ich umgehen. Das hat ein Gesicht – wenn auch ein erschreckendes.
Meine Mutter jedoch erzählt fast nichts über die Kriegsjahre. Und wenn, dann fängt sie sofort an zu weinen und ich kann mir nur aus Bruchstücken zusammenreimen, was sie erlebt hat. Kein konkretes Bild von dem Grund ihres Schmerzes zu bekommen, hat auf meine Kinderseele – so glaube ich heute – weit mehr gedrückt, als alle Geschichten meines Vaters zusammen. Diese Traurigkeit, die über ihrem Gemüt liegt, hat mich durch und durch erfasst – ja, ich möchte fast sagen, sie ist auf mich übergesprungen und hat mich bis zu einem gewissen Grad gezwungen, ein fremdbestimmtes Leben zu führen. Das Helfersyndrom zum Beispiel, das zum Wesen meiner Mutter gehört, kenne ich von mir auch sehr gut. Mich mehr mit den Problemen anderer auseinandersetzen zu wollen, als mit meinen eigenen, ist mir heute durchaus bewusst. Wenn ich an meine späte Kindheit und frühe Jugend denke, fallen mir immer wieder Situationen ein, in denen ich versuchte, Streit zwischen meinen Eltern zu schlichten und ja darauf zu achten, dass wieder (eine vermeintliche) Harmonie einkehrt. Ich vermittelte und verhandelte und schwupps war ich die Fürsorgende – eine Rolle, die eigentlich meine Eltern erfüllen sollten.
Ich denke, dass der Krieg sowohl meinen Vater als auch meine Mutter vollkommen von ihren Gefühlen abge-

schnitten hat. Selten haben sie mich in die Arme genommen, es herrschte mehr so etwas wie eine sachliche Freundlichkeit. Nie wurde mir gesagt, dass man mich lieb hat – obwohl ich mich früher danach verzehrt habe. Mich nicht geliebt zu fühlen, hat mich sehr lange begleitet und schließlich dazu geführt, dass ich mich selber nicht mehr mochte.

Langsam dämmert es mir, dass wohl eine Art Traumatransfer stattgefunden hat. Ich habe mich zu diesem Thema ein bisschen schlau gemacht und stelle erstaunt fest, dass sich mittlerweile doch einige kluge Köpfe damit beschäftigen. Die Forschungen – auch wenn sie aus verschiedenen Richtungen kommen – spitzen sich zu einhelligen Resultaten zusammen: Kollektive, traumatische Erfahrungen – egal ob von Opfern oder Tätern – schlagen sich auf die Seelen der nachfolgenden Generationen nieder, vor allem, wenn sie nicht verarbeitet werden. Vielen deutschen Nachkriegskindern ist eines gemeinsam: Vor allem durch das Schweigen, das Tabuisieren der Erinnerung der Eltern, haben wir eine undefinierbare Identität. Kein Wunder, dass überproportional viele von uns unter Bindungsängsten leiden und erstaunlicherweise auch selber keine Kinder haben. Das Interessante für mich ist: Ich liebe Kinder. Doch wollte ich nicht die Verantwortung dafür übernehmen, sie einem unbestimmten, ja vielleicht grausamen Schicksal auszusetzen. Und vor allem wollte ich eines nicht sein: eine Mutter. Denn als Vorbild hatte ich nur eine – meine eigene: Ein Opfer auf ganzer Linie.

Es gibt drei Arten, sein Leben zu führen: Man übernimmt die Werte und Glaubenssätze seiner Eltern, Lehrer und anderer einflussreicher Personen und lebt nach

deren Credo, ohne viel darüber nachzudenken. Oder man lebt in vollkommenem Widerstand gegen seine Erzieher und tut genau das Gegenteil davon, was von einem erwartet wird. In beiden Fällen lebt man keineswegs ein selbstbestimmtes Leben – dies wäre natürlich die dritte Variante. Doch meistens ist man so beschäftigt, sich anzupassen oder aufzulehnen, dass diese Möglichkeit gar nicht in Erwägung gezogen wird. Letztendlich habe ich mich für die Auflehnung entschieden.
Für mich war mein Vater, der freiwillig in den Krieg gezogen ist, ab meiner Pubertät ein „Gehirn gewaschener" Faschist. Anders konnte ich mir nicht erklären, wie ein junger Mensch mit Scheuklappen aus „Heil Hitler" und „Sieg heil" versehen, sein junges Leben opfern wollte. Also wurde ich Kommunistin. Einfach mal so. Aus Protest. Meine eigene Gehirnwäsche habe ich dann selber vollzogen durch das Lesen diverser Schriften und dem gebannten Zuhören von „Genossen", die im Dritten Reich im Widerstand waren. „Völker hört die Signale, auf zum letzten Gefecht" wurde meine Hymne, und ich merkte zunächst nicht, dass viele Verben, die in Flugblättern benutzt wurden, mit kämpfen, zerstören, vernichten und zerschlagen zu tun hatten. Und ehe ich mich versah, marschierte ich auch im Gleichschritt – wenn auch unter einer anderen Fahne. Ich hängte mir ein Lenin-Porträt in mein Zimmer – wohlwissend, meinen Vater damit zur Weißglut zu bringen. Der russische Feind hatte sich seiner Tochter bemächtigt. Geschah ihm ganz recht!
Danke für Deine Zeilen über Deine Kindheit im Karl-Marx-Hof in Wien. Über die Hoffnung im „roten" Wien. Hoffnung auf soziale Gerechtigkeit und vor al-

lem auf Frieden. Bei uns war es die Weimarer Republik, die zwischen den Weltkriegen ausgerufen wurde. Beides wurde durch den Faschismus blutig beendet.
Ja, ich kann mir gut vorstellen, dass ihr Kinder als „Russen" beschimpft wurdet. Wurde der Begriff doch mit Sozialismus und Kommunismus gleichgesetzt und in einer unsäglichen Art verunglimpft. Und es ist auch völlig richtig, dass Du schreibst, dass es die Russen waren, die Wien befreiten. Irgendwie ist die deutsche Geschichtsschreibung nach dem II. Weltkrieg in eine völlige Einbahnstraße geraten, die in einer politisch mehr als nur subjektiven Sackgasse endet. Ich habe mal in meiner Nachbarschaft herumgefragt, wer denn die Deutschen von Hitler befreite. Fast einhellig war die Antwort: Ganz klar, „der" Amerikaner. „Der" Russe kam selten, und wenn, dann nur zögerlich, vor. Ja, gibt's das denn? Ich weiß nicht, vielleicht liegt es an einer selektiven Wahrnehmung. Wir hatten als Kinder, als Schüler und später auch als Erwachsene fast keine Gelegenheit, über dieses Thema nachzudenken. Ich erinnere mich nur an „Fakten", die uns serviert wurden. Der Amerikaner hat uns befreit. Deutschland wurde in vier Besatzungszonen aufgeteilt. Die ärmsten Deutschen waren die, die das Pech hatten, in der russischen Zone zu leben.
Ich verlange von den Leuten gar nicht, dass sie auswendig die Zahlen der Kriegstoten wissen. Für mich ist jeder einzelne gestorbene Soldat zu viel und zu betrauern. Aber es gab 27 Millionen russische Kriegsopfer, 5,25 Millionen auf deutscher und 6 Millionen auf polnischer Seite, und 300.000 amerikanische Soldaten starben bei Kriegshandlungen.
Letzte Woche hatte ich in Berlin zu tun und machte

mich mit Deinem Brief in der Tasche auf die Suche nach den „Befreiern“ unserer Hauptstadt, die vom 16. April bis zum 2. Mai 1945 der Schauplatz der letzten großen Schlacht war. Mit der S-Bahn fuhr ich nach Pankow/Schönholz und spazierte die Hermann-Hesse-Straße entlang bis zum Eingang des südlichen Teils der Schönholzer Heide. Ich besuchte das Sowjetische Ehrenmal, das nach dem Krieg hier errichtet wurde. Mit erschütternden Zahlen im Kopf. Von den über 650.000 auf deutschem Boden begrabenen russischen Soldaten liegen allein 13.200 in Pankow. Man schätzt, dass etwa 80.000 Rotarmisten beim „Endkampf“ allein rund um Berlin ihr Leben verloren haben. Was für einen kollektiven Schmerz verbergen diese Zahlen! Ich stand mit Tränen in den Augen vor der großen Skulptur „Mutter Heimat“, die gedankenverloren in die Ferne blickt. Vor ihr auf einem Sockel liegt der gefallener Sohn, mit der Fahne des Sieges bedeckt. Ich frage mich: Was für ein Sieg? Ich habe nie darüber nachgedacht, wie sehr die russische Volksseele verletzt wurde. Und ehrlich gesagt, war mir nicht bewusst, dass auch Du ein Teil dieses Kollektivs bist und somit auch die Last und die Folgen dieses Dramas mittragen musst.

Nach dem Besuch der Gedenkstätte war ich sehr aufgewühlt und ging durch den hinteren Teil des Schönholzer Parks, der als Naherholungsidylle angelegt ist. Das Grün beruhigte meine Nerven und ich war besser drauf, als ich wieder die Asphaltwüste von Pankow betrat. Ich lasse mich manchmal so durch die Straßen treiben und zu Orten führen, die fast auf mystische Weise eine Bedeutung für mich haben. Ich hatte nicht auf den Straßennamen geachtet, doch plötzlich stand ich in der Platanen-

straße 114 vor einem großen Schild: „Dieses Haus gehörte dem jüdischen Fabrikanten Georg Herrmann. 1942 wurde er und seine Familie mit elf weiteren hier zwangseingewiesenen jüdischen Bewohnern in verschiedene Vernichtungsstätten des Naziregimes deportiert." Es folgten die Namen mit den Orten, an denen sie ermordet wurden.
Und wie aus dem Nichts hatte ein weiteres, entsetzliches Kapitel deutscher Geschichte nach mir gegriffen. Ein irritierendes Thema, das mich in einen emotionalen Zwiespalt bringt. Ich habe es bislang nahezu verdrängt. Wollte nicht darüber nachdenken. Ich war ja schließlich noch nicht auf der Welt, als die systematische Vernichtung des jüdischen Volkes vollzogen wurde.
Umso hilfloser stehe ich dem Krieg zwischen Israelis und Arabern gegenüber, der zur Zeit wieder tobt. Langsam gebe ich die Hoffnung für das „Heilige Land" auf. Lernen Menschen eigentlich nie aus der Geschichte? Kannst Du, liebe Nina, mir eine Idee geben, wie Du das siehst?

In diesem Sinne.
Schalom.

Deine Freundin Barbara

4. Brief

Liebe Barbara,

was du über deine Mutter schreibst, ist sehr berührend, und ich fühle mich geehrt durch das Vertrauen, das du mir entgegenbringst. Meine Eltern leben ja beide nicht mehr, und so bin ich beim Lesen zwischen verschiedenen Gefühlen hin- und hergerissen. Zwischen der Trauer um meine Eltern und damit der Erkenntnis, sie nie mehr wieder etwas fragen zu können; und dem leichten Neid gegen jene, die das noch können.
Zugleich weiß ich sehr wohl, dass allein die Tatsache, dass Menschen noch am Leben sind, nicht bedeutet, etwas Neues von ihnen erfahren zu können. Das Immer-wieder-Erzählte ist oft statisch geworden, es wird auf die immer gleiche Art immer wieder repliziert. Das Erlebte ist zur Erzählung geworden, und die Erzählung zum Baustein einer selbst gezimmerten Autobiografie. Die Zeitzeugen-Forschung hat dieses Phänomen sehr gut untersucht, und die Psychologie kennt es ebenfalls. Obwohl ein Leben ja lange dauert und aus vielen Geschichten besteht, erzählen uns die Eltern – so sie denn erzählen – die immer gleichen Episoden.
So gab es in den Erinnerungen meiner Mutter zwei, drei Geschichten, die mir gut im Gedächtnis geblieben sind. Vielleicht ist auch das eine Auswahl, vielleicht hat sie viel mehr erzählt, aber diese wenigen Begebenheiten haben bei mir einen solch starken Eindruck hinterlassen, dass ich sie durch mein gesamtes Leben weitertrage.

Die damals 13jährige Fedora hat zweifellos ein Trauma erlitten durch ein Ereignis, das im Frühsommer 1943 stattgefunden hat. In die Militärgeschichte ist die Großoffensive der deutschen Wehrmacht auf Kursk, die Heimatstadt meiner Mutter, als „Unternehmen Zitadelle“ eingegangen. Es handelte sich dabei nicht nur um die größte Panzerschlacht des Zweiten Weltkrieges, sondern der gesamten Geschichte und gilt – neben dem Stalingrad-Drama – als bedeutender Wendepunkt in diesem Krieg.

Bereits im Frühjahr jenes Jahres - der Boden war zum Teil noch gefroren - mussten Frauen, Kinder und Alte damit beginnen, nach Anleitung von Militärs Erde aufzugraben. Es entstanden lange und schmale Gräben, damit Panzer darüber hinweg fahren konnten, über die Köpfe der dort verschanzten Soldaten hinweg. Fedora und ihre Klassenkameraden waren dafür vom Schulunterricht befreit worden, und sie taten diese Arbeit mit Eifer und Stolz. Die Schuldirektorin hatte ihnen erklärt, wie wichtig und patriotisch das war, ein Beitrag der jungen Menschen zur Verteidigung der Heimat gegen den faschistischen Feind, nicht minder wertvoll als der Kampf ihrer Väter an der Front.

Noch vor dem Morgengrauen des 5. Juli begann schließlich die Schlacht, die bis zum 23. Juli dauern und vielen Tausend Männern das Leben nehmen würde.

Fedoras Vater Nikolai musste nicht mitkämpfen, er war vom Kriegsdienst freigestellt, und Fedora war froh darüber. Mein Großvater übte den Beruf des Feinmechanikers aus, und man brauchte ihn für kriegswichtige Arbeiten abseits der Front. So fuhr er jeden Tag auf die Kommandantur, um sich seine jeweiligen Einsatzorte zuteilen zu lassen. Meistens reparierte er Kriegsgerät, aber auch Maschinen für den zivilen Einsatz. So verabschiedete er sich auch am Morgen jenes 20. Juli von sei-

ner Frau und den drei Kindern, ging aus dem Haus und er winkte, bevor er um die Ecke bog, noch einmal zu Fedora zurück, seiner Ältesten, die wie immer so lange vor dem Haus stand, bis der geliebte Vater aus ihrem Blickfeld verschwunden war.
Abends setzte sie sich zum Kartoffel schälen oder zum Strümpfe stopfen auf die kleine Bank vor dem Holzhaus, um ihren heimkehrenden Vater gleich sehen und ihm entgegenlaufen zu können. An jenem Tag jedoch wartete sie vergebens. Nachdem sie ihre Pflichten im Haus erfüllt und die jüngeren Geschwister zu Bett gebracht hatte, setzte sie sich wieder nach draußen und wartete. Immer wieder stand sie auf, lief die Straße hinunter bis zur Ecke, kehrte um in der Hoffnung, ihr Vater sei diesmal von der anderen Seite gekommen und säße schon in der Küche beim Abendessen. Die Dunkelheit kommt spät im Hochsommer, und Fedora blieb draußen, bis der fast volle Mond hoch stand und die Mutter sie nach drinnen rief. Fedora wunderte sich über die Gleichmut ihrer Mutter, aber die beruhigte sie, das könne schon einmal vorkommen, wahrscheinlich habe man ihn an einem Ort gebraucht, der so weit weg war, dass er dort übernachtete. „Morgen kommt er wieder, geh jetzt schlafen!“
Aber ihr Vater kam nicht. Nicht morgen, nicht übermorgen, nie mehr. Wenige Tage später war die große Schlacht vorbei. Mutter und Tochter gingen frühmorgens los. Der Fußmarsch hinaus zu den verwüsteten Feldern von Prochorowka dauerte mehrere Stunden. Überall zerstörte Panzer. Alte Männer und junge Burschen gruben mit Handschaufeln mühsam eine breite Grube an einem Waldrand, um die zahlreichen verwesenden

Toten, egal ob „unsere“ oder „ihre“ behelfsmäßig und nicht sehr tief beerdigen zu können. Fedora und ihre Mutter gingen zwischen den toten, von Fliegen umschwirrten Leibern umher und suchten nach dem vertrauten Gesicht. Meine Mutter erzählte später, sie hätte zugleich die Hoffnung gespürt, ihn endlich zu finden, wie auch die unvorstellbare Angst, tatsächlich in sein totes Antlitz zu blicken. Ihr weiteres Leben lang hat sie der Verdacht verfolgt, sie hätte ihren Vater dort draußen gesehen, es jedoch nicht wahrhaben wollen und es vor sich selbst und vor der Mutter geleugnet.

Ich erinnere mich, wie die Berichte meiner Mutter zu diesem Ereignis im Laufe der Zeit immer konkreter und anschaulicher geworden sind. Zu Beginn hat sie nur vom vermissten Vater gesprochen, und dass sie auch nach den vielen Jahren die Hoffnung nicht aufgegeben habe, er könne vielleicht noch leben, sei in Gefangenschaft geraten oder wäre desertiert. Nur nach und nach hat sie Details genannt, und von ihrem quälenden Verdacht hat sie erst wenige Jahre vor ihrem Tod erstmals gesprochen. Ich spürte in ihrem Zögern eine Scham, einen Schmerz, aber auch ein Mich-schonen-Wollen. Wie oft habe ich den Satz gehört: „Du weißt gar nicht, wie gut ihr es habt. Ihr Kinder könnt euch gar nicht vorstellen, was für Grausamkeiten es gibt. Ihr lebt in einer heilen Welt. Gottseidank.“

Das ist eine traurige Geschichte, und ich hoffe, ich habe dir damit nicht zu viel zugemutet. (So ähnlich wird wohl meine Mutter gedacht haben ...)

Du fragst mich, was ich über die aktuelle politische Lage in der Welt denke. Je älter ich werde, um so weniger kann ich eindeutig Stellung beziehen und eine fest gefügte Meinung haben. Immer wieder erlebe ich, dass vieles davon abhängt, wie informiert – oder eben nicht informiert – ich bin. Jeder Konflikt ist sehr komplex, hat eine Geschichte (die von den beteiligten Parteien oft unterschiedlich erzählt wird) und vor allem eine Propaganda (auch „Berichterstattung“ genannt). Ich merke, wie wir alle manipuliert werden, und das ist eine beunruhigende Erkenntnis. Ich möchte so gerne daran glauben, dass wir in einer Demokratie leben, in der wir Werte anstreben, die mir wichtig und gut erscheinen. Leider wird in letzter Zeit auch dieser Begriff missbraucht, wie ich finde. Das ist sehr schade. Denn woran sollen wir uns sonst orientieren?

Oft denke ich in letzter Zeit angesichts der Krisen in der Welt: Wir haben es uns recht bequem eingerichtet in Europa. Und dann bricht ganz in der Nähe ein Krieg in der Ukraine aus, es sind sogar Menschen betroffen, die ich kenne, und plötzlich wird das Unvorstellbare schrecklich vorstellbar: Der Krieg ist nicht vorbei. Nicht in der Erinnerung, nicht in unseren Herzen und Seelen. Und möglicherweise nicht einmal in unserer realen Gegenwart?

Liebe Barbara, ich bin dir dankbar, dass du diesen Briefwechsel angestoßen hast und ich diese Zeilen zu Papier bringen konnte. Irgendwie habe ich aus meiner frühen Kindheit die märchenhafte Vorstellung ins Erwachsenenleben herüber gerettet, dass – spricht man eine Zauberformel – ein böser Fluch gebannt werden kann. In diesem Sinne: Nie wieder Krieg!

Damit mein Brief nicht allzu ernst endet, hier noch eine kleine Anekdote: Als ich einmal beim Schwarzfahren erwischt wurde, damals, noch in unserer Schulzeit, fragte mich der Kontrolleur nach Name, Adresse und Geburtsort. Als ich „Kursk“ sagte, hielt er inne mit dem Aufschreiben, sah mich an und fragte: „Kursk? Dort bin ich im Krieg gewesen, als Soldat an der Front. Den Russen ist Schreckliches angetan worden.“ Darauf hin zerriss er seinen Zettel und wünschte mir noch einen schönen Tag.

Auch dir, liebe Barbara, ein herzliches Shalom!

Nina

5. Brief

Liebe Nina,

Deine Zeilen haben mich sehr bewegt. Nein, natürlich hast Du mir nicht zu viel zugemutet. Ganz im Gegenteil. Für mich war es sehr wichtig, wieder einmal zu erkennen, dass jede von uns „ihre“ Geschichte und die ihrer Familie in sich trägt. Manchmal bin ich so verstrickt in meiner, dass es eines Impulses von außen bedarf, dass ich mich wieder freischwimme und den Kopf aus der Schlinge der Vergangenheit ziehe.
Weißt Du, im Grunde genommen bin ich ja eher ein Typ, der im Hier und Jetzt lebt. Zumindest behaupte ich das von Zeit zu Zeit von mir. Gleichzeitig weiß ich aber, dass das oft nur ein Wunschdenken ist und ich schnell abgleite, sobald jemand nur den richtigen Knopf drückt.
Letzte Woche zum Beispiel ist es mir so ergangen. Ich konnte mir beinahe dabei zusehen, wie sich aus einem eigentlich schönen Morgen, den ich mit einem gemütlichen Frühstück in einem Münchener Café begann, ein schlecht gelaunter Vormittag entwickelte, der beim gemeinsamen Mittagessen in einen handfesten Streit mit meinem Chefredakteur endete.
Ich schrieb an einem Artikel über das Leben der Bevölkerung während des 1. Weltkriegs in München und besuchte nach dem Frühstück eine Ausstellung anlässlich des 100jährigen Jahrestages. Nun, ich glaube nicht, dass sich jemand einer gewissen Beklemmung entziehen kann, wenn er sich zwischen überlebensgroßen schwarzweißen Fotografien wiederfindet, die mit einer ungeheuerlichen Ausdruckskraft eine Entwicklung widerspiegeln, die letztlich in einer Katastrophe endete.

Der erste Raum war der Zeit kurz vor und kurz nach Kriegseintritt des bayrischen Heeres gewidmet. Ich konnte kaum fassen, wie freudig, ja fast euphorisch viele Menschen damals den Krieg begrüßten und in Massenkundgebungen vor der Feldherrnhalle bejubelten (nur 19 Jahre später, nach der Machtergreifung Hitlers, wurde dieser Platz wieder Ort fanatischen Jubelns zur Vorbereitung des Völkermordes – an dieser Stelle sei mir gestattet vorzuschlagen, dieses erbärmliche Denkmal endlich niederzureißen und einen zweiten Münchner Friedensengel zu errichten). Ich betrachtete nachdenklich die Porträts der Familien, die man noch in aller Eile anfertigen ließ – oft das letzte gemeinsame Bild. Ich las kopfschüttelnd, dass die Einberufungsstellen sich der Freiwilligen kaum erwehren konnten und wie enttäuscht manch junger Mann gewesen war, nicht Volk und Vaterland zu dienen.

Dann stand ich vor einem Bild: Es zeigte einen Geistlichen in herrlicher Robe unter einem Baldachin, der vor der Johanniskirche im Münchner Stadtteil Haidhausen den Soldaten seinen Segen gab, bevor sie als Lämmer auf die Schlachtbank geführt, sprich, bevor sie an die Front transportiert wurden. Ich hätte es am liebsten heruntergerissen

„Du sollst nicht töten" – war das nicht eines der Zehn Gebote, für die dieser Pfaffe da stellvertretend stand? Nina, ich habe nie begreifen können – und begreife es bis heute nicht – wann und warum Töten erlaubt ist. Und schon gar nicht in unserer sogenannten Abendländischen Kultur, die das Christentum als eines ihrer Fundamente ansieht. Wurde das nicht auch jenen jungen Männern gelehrt, die sich nun begeistert auf den Weg

machten, um anderen jungen Männern ihr Leben zu rauben? Was mag so jemand gefühlt haben, der zuhause seine katholische Beichte ablegte für so schlimme Vergehen wie „Ich habe gelogen“ und anschließend dafür Buße tat, wenn er nun das erste Mal das Gebot „Du sollst nicht töten“ brechen musste? Wie ist es, einen anderen Menschen zu verletzen, zu zerfleischen, zu ermorden? Fühlt sich das anders an, nur weil Krieg ausgerufen wurde? Verursacht allein diese Tatsache eine Amnesie, so dass wir uns nicht mehr auf unsere menschlichen Werte besinnen können?
Du hast in Deinem Brief von Deiner Erkenntnis geschrieben, dass wir manipuliert werden. Das kann ich nur bestätigen. Wie schleichend das passiert, habe ich an einem anderen Foto erkannt, auf dem ein Werbeplakat der Waffenfabrik Mayer & Grammelspacher abgelichtet ist. Darauf zu sehen ist eine sitzende Mutter, die liebevoll einen Arm um ihren kleinen Sohn legt, der ein Eureka-Gewehr im Anschlag hat und eine Zielscheibe anvisiert. Den Text dazu habe ich mir notiert: „Nicht früh genug kann begonnen werden mit der Unterweisung der Jugend im Schießen. Spielend, in fröhlichster Unterhaltung übt der Schießsport unmerklich seinen erzieherischen Einfluß aus auf Körper und Geist. Frischer, klarer Blick, scharfes Auge, munteres Wesen, unbewußter Drang zur stetigen Erhöhung der Leistungen, das sind wahrlich schätzenswerte Vorteile. Beim Militär ist ein guter Schütze der Liebling der Vorgesetzten …“

Zum Mittagessen war ich mit meinem Chefredakteur Martin in einer Wirtschaft in Schwabing verabredet. Das tun wir hin und wieder, um ungestört Gedanken über laufende und neue Projekte auszutauschen. Ich war sehr erstaunt, ihn nicht allein vorzufinden. Sein vierzehnjähriger Sohn Kevin war dabei, schaute von seiner Playstation nur kurz auf, als ich ihn grüßte. Das schien seinem Vater, der an seinem Handy hing, vielleicht doch zu unhöflich. Er zupfte seinem Sohnemann die Hörer aus den Ohren und gab ihm Order, mir wenigstens die Hand zu geben. Er selber nickte mir nur kurz zu und telefonierte weiter.

„Was spielst Du denn da?“ fragte ich ihn, um das Eis zu brechen.

„Kennste eh nicht!“ war die knappe Antwort.

„Lass mich doch mal sehen“ bat ich ihn und rückte näher.

Kevin zog zwar eine Schnute, steckte seine Kopfhörer wieder rein und drehte die Spielstation ein wenig zu mir. Erschrocken blickte ich auf den kleinen Bildschirm. Was ich dort sah, war Krieg. Der kleine Mann verkörperte sich in einem General Namens King Kong und war nun der Oberbefehlshaber im Spiel Wüsten-Krieg, einem kostenlosen strategischen Militär Browsergame (so stand es auf der Leiste oben) und drauf und dran am Blitzkrieg „Todesstahl“ teilzunehmen und Rekruten zu sammeln. Alles ging zack, zack mit den Fingern links und rechts auf der kleinen Konsole und eh ich mich versah wurde mit Panzern geschossen, wurden Raketen abgefeuert und Häuser zertrümmert.

Ich zupfte an seinem T-Shirt und fragte sehr laut (um die Kampfgeräusche in seinem Ohr zu übertönen), woher er denn wusste, dass er nicht zufälligerweise eine Schule getroffen hatte. Er schaute mich entgeistert an, schüttelte den Kopf und ich hoffte schon durch diese

Geste, dass er vielleicht doch Bedenken wegen der Schulkinder haben könnte. Aber er meinte nur trocken: „Sind doch keine von uns." Er ballerte weiter.
Die Bedienung kam und stellte ihm ein Schnitzel mit Pommes vor die Nase. „Nicht jetzt", sagte er und schob den Teller von sich. Doch die Kellnerin schaute so streng, dass er sein Spielzeug dann doch weglegte.
Mein Chef hatte mittlerweile sein Telefonat beendet und fragte, wie die Ausstellung gewesen sei. Ich wollte gerade zu einer Antwort ansetzen, als sein Sohn dazwischenfunkte. Irgendwie hatte er es geschafft, sein Mittagessen in Rekordzeit reinzuschlingen. Der Akku seines Kriegsgerätes war auf Null Prozent (wahrscheinlich zu viele Panzer eingesetzt) und nun war er knörig. Martin schaute recht verzweifelt. Das hatte er wohl nicht auf seinem Betreuungsplan gehabt.
Er bat mich, ihm meinen Laptop zu geben. „Das ist ein Notfall" murmelte er. Ich zögerte etwas. Doch dann konnte ich irgendwie nicht an mich halten. Ich fragte ihn, ob er sich schon mal die Spiele seines Sohnes angeschaut hatte. Er zuckte mit den Achseln, so als würde er den Sinn meiner Frage nicht verstehen. Ich klappte meinen Laptop auf und tippte ein: Kriegsspiele. Die Liste war endlos. Ich zeigte auf ein X-beliebiges und las laut den Text vor: „Kriegs-Allianz – Realistische Action und ein Kriegsszenario, welches dein Herz mit einer brillanten 3D-Darstellung höher schlagen lässt. Kämpfe für Europa oder die Vereinigten Staaten. Sei mutig und vernichte den Gegner bis zum totalen Sieg!"
„Cool" – das war die Reaktion des Jungen. Und Martin nahm mir den Laptop aus der Hand und drehte ihn zu sich. Er war begeistert. Das Spiel war kostenlos. Er woll-

te es gleich downloaden. „Dann ist der Junge beschäftigt und wir können reden". Doch ich ging dazwischen und nahm mein Eigentum wieder an mich. Ich suchte den Ordner mit den Fotos der Ausstellung und öffnete die Datei mit dem Jungen und dem Eureka-Gewehr. Ich las den beiden den Text vor „Nicht früh genug kann begonnen werden mit der Unterweisung der Jugend im Schießen ..." und zeigte ihnen das Bild.
Nina, weißt Du, was sie taten? Sie nickten!
Ich glaube, ab dem Moment wurde ich ein bisschen lauter. „Martin," sagte ich, „Du lässt es zu, dass Dein Sohn an den Krieg gewöhnt wird?" Und dann ging es hin und her. Das seien doch nur Spiele, das habe mit der Realität nichts zu tun. Jungs müssten sich austoben. Ich sei hysterisch.
Letztendlich kam die Bedienung und fragte: „Schon was zum Mittagessen ausgewählt?" Glaube mir: Hätte ich zufälligerweise einen Panzer mit dabei gehabt, ich hätte geschossen ...
Liebe Nina, bitte denke nicht von mir, als drehe sich in meinem Leben alles um Krieg (wobei ich mir nun gerade die Frage stelle, warum ausgerechnet ich in der Redaktion immer dieses Thema zugeteilt bekomme). Das stimmt nicht. Aber vieles hat damit zu tun. Immer noch.

Doch auch ich will diesen Brief nicht so ernst enden lassen. Irgendwie bekamen wir drei doch noch die Kurve bei diesem Mittagessen. Um die Situation zu entspannen, fragte ich Kevin: „Na, und weißt du ‚wer den Begriff „Freistaat Bayern" geprägt hat?"
„Klar, König Ludwig."

Ich verschluckte mich vor Lachen fast an meiner Roulade, die ich doch noch bestellt hatte. Am Nachbartisch hob jemand seinen Bierkrug und prostete auf „unseren König“.
Auf dem Nachhauseweg fragte ich mich, was den Kindern eigentlich in der Schule im Geschichtsunterricht beigebracht wurde. Würde dieser Münchner Schüler jemals etwas über den Sozialisten Kurt Eisner lernen, der in der Nacht vom 7. auf den 8. November 1918 den Freistaat Bayern ausgerufen hatte? Einen Freistaat, der gerade nicht von einem König regiert wurde?
Dabei fällt mir noch ein alter Witz ein. Sitzen zwei betagte Bayern im Wirtshaus. Als die Wirtin die fünfte Halbe bringt, meint der eine zum anderen: „Ich wünschte, wir hätten eine Anarchie.“ Der andere nimmt einen Schluck und nickt zustimmend. „Ja, das wäre schön. Aber ein starker Anarch sollte es sein.“

In diesem Sinne wünsche ich Dir alles Liebe und hoffe, bald wieder von Dir zu hören.

Barbara

6. Brief

Liebe Barbara,

dein Brief hat mich zurückdenken lassen an die Zeiten, in denen ich als Alleinerzieherin zweier Kinder mich durch den Alltag gekämpft habe. Ja, manchmal war es wirklich ein Kampf ... Mein Sohn war zwischen 10 und 14, als diese Internetspiele so richtig groß herauskamen und er praktisch dem Gruppenzwang unterlag, sie zu kennen und zu spielen. „Ich bin schon in der neunten Welt“, oder „Ich hab grad mein viertes Leben bekommen und bin jetzt Herrscher von Sowieso“, oder „Ich muss noch den Feind vernichten“ – solche Sätze habe ich zu hören bekommen, und das hat mich stutzig gemacht.

Auch ich war von den Bildern abgestoßen. Ich sah Menschen von Geschützen mitten in den Leib oder Kopf getroffen und ihre Körper regelrecht zerrissen, dass die einzelnen Teile in alle Richtungen davonflogen. Ich habe mit meinem Sohn darüber gesprochen und festgestellt, dass er diese für mich offensichtlichen Grausamkeiten gar nicht als solche wahrnehmen wollte. Ein Abschuss bedeutete für ihn lediglich einen zusätzlichen Punkt auf dem Weg zum Ziel. Er versicherte mir, dass er keinen zerfetzten menschlichen Körper darin sah, sondern so eine Art Symbol. Seinetwegen hätte an dessen Stelle auch eine Blume sein können oder eine Klappe wie in der Schießbude. Das hat mir zu denken gegeben, und ich bin zu der Ansicht gelangt, dass es wohl sehr stark auf das Umfeld der spielenden Kinder ankommt. Wird in der jeweiligen Familie über Krieg und Gewalt überhaupt jemals gesprochen? Oder wird in der Familie gar Gewalt ausgeübt, in Worten und Taten? Ich

sehe die „Schuld“ eher nicht in den Spielen, sondern im Umfeld, in denen ein Kind groß wird und in Menschen, an denen es sich orientiert.
Aber ich verstehe deinen Unmut, du scheinst da auch an ein ganz spezielles Exemplar von pubertierendem Bürschchen geraten zu sein. Jedoch der Vater scheint mir, was die Ignoranz betrifft, die er an den Tag legt, auch kein besonderes Feingefühl zu besitzen?
Was du über Segnungen von Soldaten und Kriegsmaterial schreibst, bestätigt mich in meiner Abneigung gegen den radikalen Katholizismus. Ich finde, so etwas gehört sich nicht. So hilfreich und tröstend die Kirche manchem Menschen auch sein mag – dieses Anbiedern an die weltliche Macht steht meiner Meinung nach keiner Religion zu. Wir erleben es doch ständig und in aller Welt, dass im Namen eines beliebigen Gottes Menschen ermordet, Häuser und Städte zerstört, Kriege angezettelt werden.
Als wir noch zusammen in eine Klasse gingen, Barbara, so mit 12 Jahren, habe ich die Popmusik für mich entdeckt. Stets war es mir auch wichtig, die Texte der Songs zu kennen – übrigens eine gute Methode, Englisch zu lernen! Die Lieder von Bob Dylan mochte ich besonders. Deren Bedeutung verstand ich zwar oft nicht, aber die Lyrik hatte es mir angetan, der Klang der einzelnen Worte, in welcher Kombination sie nebeneinander standen und welche Sprachmelodie sich ergab. Ich hatte das Gefühl, mich in diese Worte „einkuscheln“ zu können, daheim zu sein, geschützt vor einer grobschlächtigen Realität, die mich zu umgeben schien. Einige dieser Lieder waren ja auch richtige Protestsongs gegen das verkrustete Establishment. Und da war dieses eine Lied

„With God on Our Side“ (bei dem ich mich fast persönlich angesprochen fühlte, vielleicht wegen der Zeile „I learned to hate the Russians“). Es handelt davon, dass sich jede Kriegspartei einen Gott auf die Fahnen schreibt und in seinem Namen in den Kampf zieht. Oft ist es sogar derselbe Gott, dessen Anhänger aufeinander mordend losgehen. Die letzte Zeile ist zu einem Leitmotiv für mich geworden: „If God is on our side, he'll stop the next war.“

Kaum vorstellbar, dass in Putins heutigem Russland, wo sich die anbiedernde orthodoxe Kirche mit dem Staat als starke Einheit fühlen darf, es zur Zeit meiner Geburt ungehörig gewesen wäre, zu beten, in die Kirche zu gehen (es gab fast keine mehr) oder die Kinder taufen zu lassen. Heimlich haben es die Leute trotzdem getan, besonders die Alten.

Gerne erzählte mir meine russische Großmutter Anastasia, wie sich meine heimliche Taufe abgespielt hat. So hat sie mich eines Tages – ich war wenige Wochen alt – warm eingepackt, mich auf den Schlitten gelegt und mit zwei Gürteln festgebunden, und sie hat sich auf den Weg gemacht zu einer der neu erbauten Wohnsiedlungen am Rande der Stadt. Sie stieg mit ihrer Last bis in das siebente Stockwerk – niemals in ihrem Leben hat sie einen Lift betreten – und läutete. Ein alter Mann öffnete die Tür zu einer winzig kleinen Wohnung, die die Verwaltung ihm zugeteilt hatte. Früher war er Pope gewesen und hatte in einem der beiden Klöster der Stadt gelebt. Die Revolution hatte sämtliche Kreuze von den Türmen gefegt und die Räumlichkeiten als Produktions- und Lagerhallen genutzt. Eine der Kirchen war sogar zu einem Kino umfunktioniert worden.

In seiner Küche ließ der Graubärtige warmes Wasser ins Spülbecken einlaufen, neben dem sich schmutziges Geschirr stapelte. Er gab meiner Großmutter Anweisungen, den Säugling zu entkleiden. Er selbst entzündete eine Kerze auf dem Fensterbrett und legte sich einen breiten, goldbestickten Schal um die Schultern. Ich wurde drei Mal ins Wasser getaucht und danach in ein vorgewärmtes Tuch gehüllt. Zwischen jedem Eintauchen verbeugte sich der Pope vor einer Ikone, die die Großmutter mitgebracht hatte und die neben der brennenden Kerze ans Fensterglas gelehnt stand (sie würde die Ikone danach wieder mitnehmen und im Herrgottswinkel hinter dem Bild von Stalin verbergen). Als ich wieder angekleidet war (unbedingt nagelneue Sachen!) und aufgehört hatte zu schreien, strich mir der Pope wohlriechendes Öl auf Stirn, Wangen und Ohren und sang dabei mit leiser Stimme (die Nachbarn!), was das Ritual verlangte. Zuletzt nahm er eine Schere und schnitt mir etwas Flaum vom Köpfchen. Diese Haarspitzen werden traditionellerweise hinter der Ikonostase in einer Kirche aufbewahrt, denn sie sind des Teufels, und mit der Taufe wird der Mensch aus der dunklen Welt ins Licht geführt. Durch das Aufbewahren des Haars hinter dem Allerheiligsten werden die bösen Kräfte gebannt. In Ermangelung einer Kirche bewahrte unser Pope die Haare seiner Täuflinge in einem Holzkästchen auf, bis wieder andere Zeiten anbrechen würden, wovon er fest überzeugt gewesen ist.

Er sollte Recht behalten, die anderen Zeiten sind angebrochen, meine Haarspitzen liegen mittlerweile vermutlich hinter irgendeiner Ikonostase. Wie sich die orthodoxe Kirche jedoch derzeit gebärdet, ist nicht nach

meinem Geschmack. Aber es werden sicher wieder andere Zeiten anbrechen ...
Wie du weißt, bin ich mit sechs Jahren von Russland nach Österreich gekommen und damit in den Einflussbereich meiner Großmutter väterlicherseits. Die war zu dieser Zeit vom Kommunismus längst zum evangelischen Glauben bekehrt und wünschte sich nichts sehnlicher, als dass ihre „heidnischen" Enkelinnen „richtig" getauft werden sollten. Also nahm sie dieses Vorhaben in die Hand, und als ich gerade neun geworden war, war es soweit: Ich wurde zum zweiten Mal getauft. (Den Rekord hält immer noch Till Eulenspiegel, der ja bekanntlich drei Mal getauft wurde.)

Jetzt habe ich mich irgendwie in diesem Thema verloren, eigentlich wollte ich sagen, ich kann mich der Meinung anschließen, dass nicht Gott, Allah etc. die Menschen erschafft, sondern umgekehrt. Die Mächtigen basteln sich einen jeweils passenden Gott, der nur auf ihrer Seite zu sein hat, und in dessen Namen sie die schrecklichsten Gräueltaten begehen dürfen. Da kann ich – trotz doppelter Taufe – nicht mit.
Barbara, erzähl mir doch mehr von deiner Familie, wenn du möchtest. Hat der Krieg Lücken geschlagen, habt ihr Verwandte verloren? All solche Dinge interessieren mich sehr, auch weil ich immer mehr glaube, dass alle Menschen einiges heute noch mit sich durchs Leben tragen, das man uns viel früher, vielleicht noch vor unserer Geburt, aufgebürdet hat.
Ich frage mich, ob wir uns nicht mit dem Hinschauen, dem Zuwenden, mit dem Wahrnehmen eines Unrechts, das erlitten wurde oder einer Tat, die begangen wurde,

von diesen Geistern befreien können?

Ich hoffe, bald wieder von dir zu hören, liebe Barbara. Sei herzlich gegrüßt von deiner

Nina

7. Brief

Liebe Nina,

sehr angesprochen in Deinem letzten Brief – herzlichen Dank dafür! – hat mich der Satz: „… auch wenn ich immer mehr glaube, dass alle Menschen einiges heute noch mit sich durchs Leben tragen, das man uns viel früher, vielleicht noch vor unserer Geburt, aufgebürdet hat."
Genau mit diesem Thema beschäftige ich mich gerade. Ich hatte viele Jahre hindurch ein wirkliches Gewichtsproblem, das ich irgendwie nicht in den Griff bekam. Je mehr ich versuchte abzunehmen, desto mehr nahm ich zu. Ich war drauf und dran, mir eine Depression zuzulegen, bis eine merkwürdige Situation mir urplötzlich den Balken von den Augen nahm und ich zum ersten Mal im Leben erkennen konnte, wo der eigentliche Ursprung meines Problems lag.
Jetzt muss ich ein bisschen in meine Kindheit ausholen. Ich war ein sehr dünnes Mädchen und früher war es üblich, so ein „dürres Gerippe" wie meine Mutter mich (scherzhaft?) nannte, auf „Erholung" zu schicken. Begleitet wurde meine Abreise von der mütterlichen Warnung, wenn ich nicht endlich zunehme, dann wachsen mir aus meinen herausstehenden Schulterblättern Flügel und ich würde in den Himmel fliegen. Glaube mir, auch im zarten Alter von neun Jahren wusste ich um die Bedeutung dieses Satzes.
Ich kam in ein Don Bosco-Haus in Österreich und somit in die Folterkammer von Nonnen, die dieses „Erholungsheim für Mädchen" leiteten. Bei der Ankunft sah alles noch gut aus. Das Haus lag an einem Hang inmitten von Obstbäumen. Rings herum waren hohe Berge und die Luft roch nach frisch gemähten Wiesen. Wir

alle, etwa zwanzig Mädchen in meinem Alter, waren in einem großen Schlafsaal mit Stockbetten untergebracht. Nachdem uns eine der schwarzbekittelten Nonnen unseren Platz zugewiesen hatte, bekamen wir einen Zettel in die Hand gedrückt mit dem Lieblingsspruch des Ordensgründers: „Fröhlich sein, Gutes tun und die Spatzen pfeifen lassen“. Klang lustig. Den Spruch sollten wir bis zum Abendessen auswendig lernen.

Was man uns nicht sagte war, dass wir an der Eingangstür vor dem Speisesaal einzeln abgefangen wurden und nur diejenige, die den Satz ohne zu holpern aufsagen konnte, auch ein Abendessen bekam. So saß ich mit zehn Mädchen beim Tischgebet – die anderen wurden hungrig ins Bett geschickt.

Ganze vier Wochen waren wir Mädchen diesen „Schwestern“ ausgeliefert. Für uns alle ein Martyrium. Unsere „Erholung“ bestand aus Schweigen (wir durften nur zu bestimmten Zeiten sprechen, wer die Regel verletzte, wurde für eine Stunde in einen Schrank gesperrt), aus Vorträgen über den heiligen Don Bosco, aus Putzen des Hauses, Erntedienst im Garten (das war ganz okay für mich) und Essen. Letzteres war ein täglicher Horror. Da wir alle ja zunehmen sollten, wurden uns riesige Mengen Essen auf die Teller geladen. Ich saß neben einem Zwillingspaar, das einen Kopf kleiner war als ich. Nach der Hälfte des Essens fingen sie immer an zu weinen und bettelten, nicht mehr weiter essen zu müssen. Das Drama endete jeden Tag aufs gleiche: Erst wurden sie gezwungen, weiter zu essen, dann übergaben sie sich (was zur Folge hatte, dass sich auch andere Mädchen erbrachen). Sie mussten aufstehen, Eimer, Wasser und Lappen holen und ihr Erbrochenes aufwischen. Selbst-

verständlich mussten sie dann ihr Mahl beenden. Wir anderen wurden genötigt, so lange sitzenzubleiben und wurden belehrt, dass Essen ein Geschenk Gottes sei und wir unsere missliche Situation den Zwillingen zu verdanken hätten, mit denen wir bald nicht mehr sprachen (ich schäme mich heute noch dafür). Ich mampfte, was das Zeug hielt: Buchteln mit Vanillesoße, die eine eklig dicke Haut hatte, Würste, aus denen Fettaugen glotzten, wenn man sie anschnitt, zerkochten Fisch mit salzigen Kapern in Mehlpampe.
Ich nahm kein Gramm zu und fürchtete mich, nun doch in den Himmel fliegen zu müssen. Meine Mutter war enttäuscht, als ich zurück kam. Ich war immer noch ein Strich in der Landschaft – Du erinnerst Dich sicher – und blieb es all die Jahre bis zu einem Ereignis, das mein Leben veränderte. Ich war schon am Ende meines Journalistik-Studiums, als ich mir in der Mensa eine Lebensmittelvergiftung zuzog. Mir ging es echt dreckig. Aber: Selbst ist die Frau. Ich hatte mir vor Jahren ein Buch über Naturheilkunde zugelegt und blätterte darin nach einer Lösung meines Problems. Und siehe da – ich wurde fündig. Fasten war genau das Richtige in dieser Situation. Nach fünf Tagen ging es mir besser und ich erinnere mich noch, wie ich das Fasten mit einem dicken, knallroten Apfel brach. In den nächsten Wochen passierte etwas Eigenartiges. Obwohl ich sehr verhalten und vorsichtig aß, nahm ich mit rasender Geschwindigkeit zu. Ich besaß zwar keine Waage – doch wenn dir keine Hose mehr passt – auch nicht die ausgeleierte – dann weißt du, was los ist. Was tun? Ich fastete wieder, verlor ein oder zwei Kilo – nahm anschließend aber zehn Kilo zu (mittlerweile hatte ich mir eine Waage an-

geschafft). Beim dritten Mal Fasten konnte ich es nicht fassen: Obwohl ich mich nur von Wasser, Tee und Gemüsebrühe ernährte, nahm ich weiter zu! Völlig unerklärlich. Und wenn ich von da an nur den leisesten Versuch machte, abzunehmen, klebte sich gleich eine weitere Wulst an meine Hüfte. Eine seltsame Erkenntnis hatte ich schon damals gewonnen: Ich nahm nicht durch Essen zu (weder als Kind noch als Frau). Ich nahm durch den Versuch zu, nicht zu essen. Paradox und nicht lösbar für mich.

So, das war die Vorgeschichte.

Nun ergab es sich vor zwei Jahren, dass ich mit meiner Mutter einkaufen war und wir anschließend in ein chinesisches Restaurant zum Mittagessen gingen (offensichtlich ereilt mich mein Schicksal häufiger am Mittagstisch …). Die Schwester meiner Mutter war vor einigen Wochen gestorben und wir kamen auf ihre gemeinsame Familie zu sprechen. Natürlich war mir vieles bekannt. An diesem Tag interessierte ich mich – aus einem Impuls heraus – für den Großvater meiner Mutter. Von ihrer Großmutter hatte ich einiges gehört, der Großvater kam in den Geschichten nie vor. Meine Mutter erzählte, dass ihre Großeltern auf einem kleinen, abgelegenen Bauernhof in der Nähe ihrer Heimatstadt, dem damaligen Breslau, lebten und wie aus dem Nichts fing sie plötzlich an, fürchterlich zu weinen. Ich konnte sie gar nicht mehr beruhigen. Durch geschluchzte Satzfetzen konnte ich mir eine Geschichte zusammenreimen, die mich wirklich erschütterte. In den letzten Kriegswochen wurden alle Frauen, ob jung oder alt, zwangsrekrutiert und gezwungen, in den Munitionsfabriken zu arbeiten. Auch die Großmutter wurde aus ihrem Haus geholt, in dem ihr Mann, ein ehemaliger Bergarbeiter, durch seine Staublunge bedingt, seit Monaten ans Bett gefesselt lag und nach Luft rang. Der Bus, der die Zwangsarbeiterinnen von der Fabrik wieder nach Hause brachte, fuhr jedoch nur bis ins Stadtzentrum von Breslau. Und von dort gab es für die Großmutter keine Möglichkeit mehr, zurück ins Dorf zu kommen, vor allem nicht, da bei Anbruch der Dunkelheit ein striktes Ausgehverbot herrschte. Nach der Kapitulation ging meine Urgroßmutter zu Fuß nach Hause. Sie fand ihren Mann – er war im Bett verhungert.

Liebe Nina, als ich das hörte, war es so, als hätte ich das letzte und wichtigste Puzzleteil für mein Problem gefunden. Plötzlich wusste ich, warum so vieles sich im Leben meiner Mutter um Essen drehte. Ihre Liebe für uns Kinder geht tatsächlich durch den Magen. Ihre Sorge um mich „dürres Gerippe“ war mir nun vollkommen erklärlich.

Aber am interessantesten finde ich, dass die Ursache für mein Problem nicht in meinem jetzigen Leben liegt, sondern drei Generationen zurück begründet wurde. Jedes Mal, wenn ich fastete oder versuchte abzunehmen, schaltete meine Körperintelligenz auf höchste Alarmstufe. Es ging um Leben oder Tod.

Ich bin so dankbar für diese Erkenntnis, denn ich denke, dass einiges in meinem Leben übernommene „Altlasten“ sind. Aber gerade in diesem Moment, als ich an Dich schreibe, bin ich sehr optimistisch, sie aufzuspüren und zu überwinden.

Gleichzeitig weiß ich, dass es in meinem Leben nicht darum gehen kann, mich ständig in der Vergangenheit aufzuhalten. Plötzlich stellt sich für mich die Frage: Wer

bin ich eigentlich wirklich, wenn ich mich nicht mehr über meine Vergangenheit definiere?
In mir dämmert der Wunsch, vielleicht noch etwas ganz anderes in meinem Leben anzufangen. Weg von dem Recherchieren über Unglück, Krieg und Dramen. Ich verliere mich so leicht darin. Und das will ich nicht mehr.
Kannst Du Dir vorstellen, noch einmal den Beruf zu wechseln?

Ich grüße Dich herzlich und freue mich auf den nächsten Gedankenaustausch.

Deine
Barbara

8. Brief

Liebe Barbara,

der letzte Satz in deinem Brief erinnert mich an eine Frage, die mir meine halbwüchsige Tochter einmal gestellt hat: „Mama, wo würdest du in der Welt hingehen, in welches Land, wenn du umziehen müsstest?"
Ich habe wirklich lange nachdenken müssen, und ich fand es erstaunlich schwer, ihr darauf zu antworten. Es müsste ein Land sein, dessen Sprache ich beherrsche. Es müsste die Möglichkeit geben, einem Beruf nachzugehen. Es müsste dies, es müsste das.
Meine Tochter hat mit ihrer Frage wahrscheinlich etwas ganz anderes gemeint, nämlich auf welches neue Abenteuer ich am meisten Lust hätte. Aber bei mir haben sich automatisch Vorbehalte, Argumente und Fragen nach der materiellen Sicherheit aufgedrängt.
Ich habe in meinem Leben verschiedene Dinge gemacht, habe als Schreibkraft mein Geld verdient, als Übersetzerin, als Tanzlehrerin oder als Journalistin. Ich habe dabei die Erfahrung gemacht, dass ich nie eine bewusste Entscheidung getroffen habe, um von einem Beruf in den anderen zu wechseln. Fast bin ich versucht zu sagen, ein Beruf - oder besser: das Interesse, mich mit einem Gegenstand auseinanderzusetzen - ist auf mich zugekommen, ist in meine Vorstellungswelt und später in meinen Alltag eingesickert, und dann war es nur natürlich, einen letzten Schritt zu wagen und mir dieses neu erwachte Interesse zu einem Beruf zu machen. Diese Erkenntnis, hier aufgeschrieben und somit mir selbst klar vor Augen geführt, macht mich froh. Diese etwas unorthodoxe Vorgangsweise hat mich nicht reich gemacht, aber im Großen und Ganzen zufrieden.

Was du über deine Heimerfahrungen schreibst, macht mich sehr wütend. Leider musste ich selbst Ähnliches erleben, und viele, viel zu viele andere auch. Unter dem ehrbaren Titel „Kindeswohl“ wurde viel Leid zugefügt und wohl auch Verbrechen an kleinen Leibern und Seelen, die ungesühnt geblieben sind. Damit meine ich nicht unbedingt Entschädigungszahlungen, sondern das Wissen darum, dass jemand dieses Leid wahrnimmt, es als Unrecht erkennt und es auch so benennt. Das würde - auch nach Jahrzehnten noch - vielen Menschen helfen, davon bin ich überzeugt.
Ich habe manchmal die Worte meiner verstorbenen Mutter im Ohr: „Ihr wisst gar nicht, wie gut ihr es habt.“ Ich habe diesen Satz gehasst, habe ungehalten reagiert, und durch die oftmalige Wiederholung wurde er zu etwas Inhaltsleerem. Was jammert sie so, dachte ich, sie hat ja keine Ahnung wie schlecht es mir geht: die Aussicht darauf, nicht in die nächste Klasse versetzt zu werden; Stress mit der jungen Stiefmutter; ein Streit mit der Freundin; Liebeskummer ... mein junges Leben war voll davon. Später ist die Sorge um die eigenen Kinder, Krankheit, Scheidung, Existenzsicherung dazugekommen, auch da hatte ich kein Ohr für sie. Heute, wo mein eigenes Leben etwas zur Ruhe gekommen ist, kann ich mich meinen Wurzeln zuwenden und erkenne: Das Schicksal meiner Vorfahren hat sehr viel mit meinem eigenen zu tun, mehr als ich je vermutet hätte. Es war mir ein Bedürfnis, möglichst viel über sie zu erfahren, und ich habe begonnen, einen Stammbaum zu erstellen. Dabei bin ich sehr oft überrascht worden, freudig, aber auch traurig. Es ist eine Sache, von den Konzentrationslagern der Nazis zu hören und zu lesen; als ich dann ei-

nes Tages jenes Dokument in Händen hielt, das den Tod meiner Urgroßeltern väterlicherseits in Theresienstadt bescheinigte, fühlte sich das total anders an. Es erfasste mich so tiefes Mitleid mit den beiden betagten, fast blinden Menschen, dass ich mir wünschte, ich hätte davon nie erfahren. Aber nach einiger Zeit trieb es mich wieder, und ich setzte meine Recherchen fort.

Das Internet ist für diesen Zweck ein Segen. Stell dir vor, ich habe bei meiner Suche sogar lebende Verwandte gefunden! Eine andere Urenkelin jenes alten Paares lebt in Wien, gar nicht weit von mir entfernt. Ursula und ich sind gleich alt und haben sogar Ähnlichkeiten in unserem Aussehen entdeckt. Auch ihre Mutter lebt noch, die will jedoch nichts von der Vergangenheit wissen und weigert sich darüber zu sprechen. Sie trägt schwer an der Schuld, überlebt zu haben. Vier ihrer fünf Geschwister – ein Bruder und drei Schwestern – haben die Lager nicht überlebt. Heute hat sie einen Enkel und drei Enkelinnen ... Eine dieser Enkelinnen ging übrigens mit meiner Tochter in die Klasse, und die beiden Mädchen ahnten nichts von ihrer Verwandtschaft.

Dann habe ich die Halbschwester meines Vaters gefunden, auch sie lebte in Wien. Mittlerweile ist sie gestorben, aber ich hatte noch die Gelegenheit sie kennenzulernen und ein langes Gespräch mit ihr zu führen.

Auch auf der russischen Seite meiner Familie habe ich gesucht – und gefunden! Seit zwei Jahren halte ich schriftlichen Kontakt zur Tochter einer Cousine. Für das nächste Jahr plane ich eine Reise in meine Geburtsstadt, um sie zu treffen und um Gräber zu besuchen.

Du könntest jetzt vielleicht den Eindruck bekommen haben, ich würde mich intensiv und ausschließlich der

Vergangenheit und der Ahnenforschung zugewendet haben. Mitnichten! Das kommt so in Wellen. Ein halbes Jahr oder auch mehr kann vergehen, ohne dass ich mir den Stammbaum oder die gesammelten Dokumente auch nur ansehe, es interessiert mich dann einfach nicht, ich bin mit anderen, gegenwärtigen Dingen beschäftigt. Dann wiederum braucht es einen winzigen Auslöser, einen irgendwo gelesenen Satz, ein aufgeschnapptes Wort - und ich nehme einen meiner Ordner zur Hand. Oft bin ich dann erstaunt, auf Papiere oder eine Fotografie, einen Namen oder ein Datum zu stoßen, wo meine Suche einst endete, und schon wächst die Neugier, ob es nicht doch mehr über eine Person oder eine Begebenheit in Erfahrung zu bringen gibt. Schließlich wächst das Internet, es werden von Jahr zu Jahr immer mehr Daten und Dokumente digitalisiert und der Öffentlichkeit zugänglich gemacht. Außerdem enden Schutzfristen, und Archive und Behörden öffnen die betreffenden Verschlusssachen. Es ist wie Detektivarbeit, manchmal sehr spannend, dann wieder leere Kilometer.
Hast du auch schon einmal so etwas versucht? Wenn ich mit Leuten darüber spreche, fällt mir auf, dass auffallend viele in meiner Altersklasse Ahnenforschung betreiben. So stark ist bei manchen das Bedürfnis, den Wurzeln nachzuspüren. Vielleicht auch eine Art Instinkt, die uns sagt: Schau einmal dort hin, es könnte hilfreich sein beim Heilen, wenn du weißt, was deinen Vorfahren zugestoßen ist. Besser kann man es gar nicht beschreiben, wie du es mit der Geschichte deines Großvaters getan hast. Hunger ist sicher eines der schlimmsten Dinge, die einen Menschen zerstören können. Aus Erzählungen meiner Mutter weiß ich, dass während der Hungersnöte

in der Ukraine sogar die Leichen der eigenen Kinder gegessen wurden. Das sagt doch schon alles aus zu diesem Thema.
Es gibt ein Buch, das den Hunger beschreibt und das mich so beeindruckt hat, dass ich beim Lesen körperlichen Schmerz empfunden habe, es heißt „Atemschaukel" von Herta Müller. Und plötzlich verstand ich die Worte meiner Mutter „Euch geht es heute so gut, ihr habt keine Ahnung, wie es uns gegangen ist." Leider kam diese Erkenntnis zu spät. Ich konnte sie nicht mehr in den Arm nehmen und sagen: „Ja Mama, ich weiß."

Liebe Barbara, jetzt ist es ziemlich traurig geworden. Aber ich merke, dass mich unser Briefwechsel Vertrauen hat fassen lassen zu dir. Und da kommen eben Dinge zur Sprache, die man sich nicht einfach so dahin sagt oder schreibt. Jedenfalls bin ich dir dankbar, dass ich sie sagen durfte. Es tut mir gut.

Ich freue mich auf deinen nächsten Brief. Hab noch eine schöne Zeit, der Herbst bei euch in Bayern dürfte ja gerade sehr schön sein?

Deine Nina

9. Brief

Liebe Nina,

ja, auch ich bin beim Lesen Deines Briefes traurig geworden. Er hat eine Saite in meinem Herzen angeschlagen, als ich las, dass Deine Urgroßeltern im Konzentrationslager Theresienstadt ums Leben gekommen sind. Diese Mitteilung von Dir löste in mir einen Prozess aus, gerade so, als wäre ich aus einer Amnesie erwacht.
Vor mir tauchte plötzlich eine Szene aus meiner Kindheit auf, die ich wohl verdrängt hatte. Ich war vielleicht neun oder zehn Jahre alt, als sich meine Eltern den ersten Fernseher kauften. Das war für mich eine Sensation! Er war in einem Flügelschrank aus hellem Nussbaum untergebracht, der sorgsam abgeschlossen war. Wir Kinder durften nur zu ganz bestimmten Zeiten und nur zusammen mit den Eltern ein ausgewähltes Programm schauen. Meine ersten Sendungen waren „Was bin ich" – ein heiteres Ratespiel mit Robert Lembke und „Bonanza". Abendsendungen wie „Auf der Flucht" waren mir verboten – doch ich schaffte es trotzdem, sie zu sehen. Die Wohnzimmertür war immer einen kleinen Spalt weit offen, und dieser Spalt hatte genau die richtige Lage zum Fernseher hin, während meine Eltern auf dem Sofa mit dem Rücken zur Tür saßen und mich nicht bemerkten. So stand ich also wieder einmal erwartungsfroh im Flur und freute mich auf das abendliche Vergnügen. Doch es wurde kein Krimi gezeigt. Was ich sah, war weder lustig noch spannend, es war einfach nur grausam. Ich sah, wie die Türen eines Güterzuges geöffnet wurden und heraus taumelten Menschen, die aussahen wie lebende Skelette. Ich sah eine große Grube, in der Hunderte von ausgemergelten, nackten Leichen la-

gen, wie Müll hineingeworfen, denn ihre Gliedmaßen waren verrenkt. Dieses grausame Bild hat sich tief in meine Seele eingegraben. Ich schlich in mein Bett zurück, doch ich konnte die Augen nicht schließen, ohne dass wieder diese schreckliche Szene auftauchte. Ich konnte auch nicht mit meinen Eltern darüber sprechen, sonst hätte ich mein nächtliches Fernsehen verraten.
Ich wusste nicht, was ich da eigentlich gesehen hatte, bis ich mit zwölf oder dreizehn Jahren mit der Klasse (ich glaube, da warst Du noch nicht bei uns, oder?) das Konzentrationslager Dachau besuchen musste. „Arbeit macht frei" stand über dem Eingangsgitter, und ich konnte damals diesen menschenverachtenden Satz nicht verstehen. Wir wurden hineingeführt in den „Bunker", den Trakt mit winzigen Einzelzellen. Schließlich standen wir vor einer großen Wand. Hier waren hunderte, wenn nicht gar tausende von Menschen erschossen worden. Geführt wurde unsere Schulklasse von einem Mann, der selber Häftling in Dachau gewesen war. In einem anderen Gebäude zeigte er uns, wo er mit anderen Gefangenen auf dreistöckigen Stockbetten auf engstem Raum geschlafen hatte.
Wir gingen über einen großen Platz, an dem früher noch viel mehr Baracken gestanden waren, zum Krematorium. In einem Vorraum waren Schwarzweiß-Fotos ausgestellt. Auf einem war ein Güterzug zu sehen, mit dem die Gefangenen nach Dachau transportiert worden waren, auf weiteren ein Massengrab mit nackten Leichen und die ausgemergelten Gefangenen beim Eintreffen der alliierten Truppen. Wie durch eine Dunstglocke hörte ich unseren Führer sagen, dass die Faschisten die größten Massenmörder der Geschichte gewesen seien

und dass es schlimm ist, dass selbst heute, zwanzig Jahre nach Kriegsende viele Deutsche behaupteten, sie hätten davon nichts gewusst. Ich war zutiefst schockiert.
Als an dem Abend mein Vater nach der Arbeit nach Hause kam und sein übliches „na wie geht‘s“ fragte, schleuderte ich ihm nur ein „Mörder“ entgegen. Ich lief in unser Kinderzimmer und schlug die Tür hinter mir zu. Mit ihr schloss ich das Kapitel Kindheit ab.
Ich glaube, das war der Tag, an dem ich beschloss, ganz anders zu werden. Nur nicht so wie meine Eltern. Ich schob den Nationalsozialismus ganz weit weg von mir. ICH hatte damit nichts zu tun! Ich hatte keine Juden vergast, keine Geistlichen gefoltert, keinen Krieg geführt. Irgendwann im Laufe der Zeit stand für mich fest: Ich werde pazifistische Kommunistin, den Blick streng auf die Zukunft gerichtet.
Das war natürlich aus meiner heutigen Perspektive gesehen eine interessante Entwicklung. Jetzt weiß ich, dass, wenn man etwas grundsätzlich ablehnt, man genauso fremdbestimmt lebt, wie jemand, der sich einer Zeitströmung anschließt.
Ziemlich bald musste ich feststellen, dass sich Pazifismus und Kommunismus nicht gut vertrugen. Als ich immer mehr über Stalin erfuhr, seinen totalitären Staat und seine Gulag Lagern und von den Millionen Menschen, die durch dieses Ungeheuer ihr Leben verloren, brachte dieses Wissen meine Ideologie zum Wanken.
Als dann 1979 sowjetische Truppen in Afghanistan einmarschierten und das Land verwüsteten, sagte ich dem Kommunismus endgültig auf Wiedersehen. Nun war ich nur noch Pazifistin. Eine zornige Pazifistin.
Ich war zornig darauf, eine Deutsche zu sein, auf die

Rüstungspolitik unserer Regierung, auf das Apartheids-Regime in Südafrika, auf Atomkraftwerke, die Siedlungspolitik der Israelis in Palästina, die Versenkung der Rainbow Warrior von Greenpeace durch die Franzosen, auf Gott und die Welt.

Es klingt vielleicht seltsam: Aber ich hatte ein richtiges Bedürfnis nach diesem Zorn. Zorn auf Ungerechtigkeit auf dieser Welt. So als wäre er ein Mittel, all das Unrecht zu tilgen.

Zorn ist natürlich eine Emotion, die sich vor allem gegen mich selber richtete. Das Gegenteil von Zorn ist die Sanftmut. Und da wir Menschen nach Harmonie in unserem Leben streben, lag es auf der Hand (das erkannte ich allerdings erst viel später), dass ich anfing, mich zuerst für Tai Chi, später dann für Yoga und Meditation zu interessieren. So verhinderte ich instinktiv, dass ich von innen zerfressen wurde.

Gestern bin ich nach all den vielen Jahren wieder in das ehemalige Konzentrationslager Dachau gefahren. Heute sieht es ein bisschen anders aus als damals bei unserem Besuch mit der Schulklasse. Auf dem großen Parkplatz standen trotz des frühen Vormittags etwa sechs oder sieben Busse. Sie kamen unter anderem aus Polen, aus Italien, aus Frankreich, einer sogar aus Russland. Ich hatte gar nicht mit so vielen Menschen hier gerechnet und traf im Informationszentrum auf ein Stimmengewirr. Erstaunlicherweise war mehr als die Hälfte der Besucher junge Leute. Darunter eine Gruppe Muslime (die Mädchen trugen Kopftücher).

Es war also nicht so still, wie ich es mir ausgemalt hatte. Ich war auf eine erneute Konfrontation mit den Toten gefasst gewesen, nun traf ich auf Lebende. Als ich mich

dann auf den Weg ins eigentliche Lager machte, trugen vor mir drei junge Männer einen Kranz. Ich verlangsamte meinen Schritt und war dann doch alleine, als ich beim Jourhaus, dem früheren Eingang in das KZ, ankam und wieder den Satz „Arbeit macht frei“ las. Natürlich war ich mir mittlerweile des Zynismus des Spruchs bewusst, aber ich kannte nun auch das Dachau-Lied, das von Jura Soyfer während seiner Internierung hier geschrieben wurde und der dem Satz in seinem Refrain eine neue Bedeutung verlieh: „Doch wir haben die Losung von Dachau gelernt, Und wir wurden stahlhart dabei. Bleib ein Mensch, Kamerad, Sei ein Mann, Kamerad, Mach ganze Arbeit, pack an Kamerad: Denn Arbeit, denn Arbeit macht frei!“ Natürlich war der Gang durch den Bunker, die Konfrontation mit der Erschießungswand, den Gräuel des Krematoriums nach wie vor bedrückend.
Doch richtig erschüttert hat mich folgendes: Ich hatte mich vor der Fahrt nach Dachau mit dem Leben von Max Mannheimer beschäftigt, einem Juden, der Theresienstadt, Auschwitz und Dachau überlebt hatte. Nun setzte ich mich mit seiner Biografie „Drei Leben“ (Marie-Luise von der Leyen hat es aufgeschrieben) vor der kleinen russisch-orthodoxen Gedenkkapelle auf eine Bank, um das letzte Kapitel mit der Überschrift „Zeitzeuge“ fertig zu lesen. Max Mannheimer erzählt darin, wie er gebeten wurde, sich an der Aufarbeitung der Geschehnisse im KZ Dachau zu beteiligen. ...“Im Gegensatz zu vielen anderen, vor allem jungen Leuten hatte ich erfahren, wie verführbar gerade unpolitische Menschen sind. Und wie gefährdet eine Demokratie ist, wenn das Bewusstsein und die Achtsamkeit dafür verlo-

ren gehen. …Welche Einstellung hatte ich mittlerweile zu dem Volk der Täter …? Ich hatte keinen Hass auf die Deutschen. Hatte nie Hass empfunden. Er ist meinem Wesen fremd. … Als die Judenverfolgung durch die Nazis begann, erschrak ich über den Erfolg der Propaganda, doch fragte ich mich auch – vor allem später –, ob ich es meinerseits geschafft hätte, mich der Verführung zu entziehen…".

Seine Worte trafen mich direkt in die Seele. War ich nicht auch so leicht verführbar? Warum gestehe ich diese menschliche Schwäche nicht auch meinen Eltern oder gar einem ganzen deutschen Volk zu?

Was ist die Ursache dafür, dass wir so leicht verführbar sind? Ich komme ihr immer weiter auf die Spur. Ich glaube, es ist die Angst, die uns treibt, die Angst, etwas zu verlieren oder nicht zu bekommen. Wir rennen jenen „Heilsverkündern" nach, die behaupten, sich um „unsere Sache" zu kümmern, uns Arbeit, ein gutes Leben oder einen Platz im Himmel versprechen.

Alle, ausnahmslos alle, die mit den Ängsten der Menschen arbeiten, führen nichts Gutes im Schilde. Mir fallen plötzlich hundert Dinge zu diesem Thema ein. In vielen Kulturen wird man alt und weise. In unserer westlichen „zivilisierten" Kultur wird man alt und krank. Denn nur so kann ein Milliarden-Markt ausgeschöpft werden. Mit Anti-Aging-Produkten lässt sich besser Geld verdienen, als mit alten „Weisen", die darüber lachen und zum Beweis ihrer Fitness einen Kopfstand machen.

Ich werde jetzt ein bisschen Forschung betreiben und genau hinschauen, wer alles an meinen Ängsten zieht.

Als erstes schaue ich mir meinen Zorn an. Mal sehen, wer davon profitiert.

Ich grüße Dich herzlichst

Deine Barbara

10. Brief

Liebe Barbara,

mit unseren Briefen sind wir ja in einen richtig tiefen Dialog hineingeraten, wer hätte das damals, als wir uns nach langer Zeit wieder trafen, vorhersehen können? Dieser unser Dialog bedeutet mir viel, er findet – weil schriftlich – auf einer anderen Ebene statt als der Austausch mit meinen Freundinnen und Freunden, mit meinen Verwandten oder in meiner Kollegenschaft, wo man ja auch diskutiert und aktuelle politische Entwicklungen bespricht. Ich merke, wie wichtig es trotz allem ist, ab und zu den Blick in die Vergangenheit zu richten und festzustellen, dass unsere heutige Welt gar nicht so anders funktioniert. Nach wie vor sind Manipulierer und Verführer am Werk, nach wie vor wird Macht missbraucht, nach wie vor werden Ängste geschürt. Es fällt mir, wie wohl den meisten, aber nicht so leicht, gegenwärtiges Geschehen zu analysieren und einzuordnen, zu schnell passiert die Gegenwart, finde ich. So vieles strömt gleichzeitig auf uns ein. Erst ein zukünftiger Blick auf die Vergangenheit, die heute unsere Gegenwart ist, wird Ordnung hineinbringen, wird Wesentliches benennen und Tage festmachen, an denen Entscheidungen gefallen sind. Es wird von Wendepunkten die Rede sein, von gewendeten Schicksalen, unterzeichneten Verträgen, gegründeten Bewegungen, von Persönlichkeiten, die vernichtend oder rettend gehandelt haben …

Jedenfalls bin auch ich im Verlauf meines Lebens vorsichtiger geworden mit meiner Selbsteinschätzung. Erinnere dich, früher haben wir uns doch alle für potentielle Heldinnen gehalten, da habe ich lauthals getönt, ich wüsste, auf wessen Seite ich mich schlage, wüsste, wie man „anständig“ handelt, wüsste, wobei ich auf keinen Fall mitmachen würde. Heute ist mein Misstrauen gegen mich selbst, aber auch meine Wachsamkeit größer geworden.

Ich denke an meine österreichische Großmutter, die im Laufe des Krieges sechs Juden unterschiedlich lang in ihrer Dienstwohnung versteckt gehalten hatte. Die Wohnung lag günstig: Ein Eckhaus in der Wiener Innenstadt, dessen gesamter erster Stock von der Evangelischen Kirche angemietet war, die dort verschiedene Dienststellen betrieb. Beide christlichen Kirchen haben sich ja bekanntlich Hitler angebiedert, es gab nur wenige kleine Gruppen, die mit dieser offiziellen Haltung ihrer Kirchen nicht einverstanden waren. Eine solche Gruppe traf sich regelmäßig in jenen Amtsräumen. Was diese Menschen machten, klingt in unseren Ohren eigentlich harmlos: Sie produzierten auf einer Abziehmaschine kleine Heftchen mit geistlichen Gedichten, die sie in Lazaretten und Spitälern an verwundete Soldaten verteilten. Sie kamen als ehrenamtliche zivile Helfer an die Krankenbetten. Sie leisteten den auch psychisch angeschlagenen Männern Beistand und Gesellschaft. Sie spendeten ihnen Trost und machten ihnen Mut, etwa als Beinamputierter weiterzuleben. Und sie nutzten diese Begegnungen, um gegen den Krieg zu agitieren. Hätte man sie dabei erwischt, wären sie der Wehrkraftzersetzung beschuldigt worden und wären vors Sondergericht gekommen, und das hätte in diesen Zeiten mehrere Jahre Zuchthaus oder auch das Todesurteil bedeuten können. Wenn ich meine Großmutter für ihr mutiges Verhalten bewundert habe, hat sie es stets abgetan mit: „Andere

haben viel, viel mehr riskiert". Sie hatte immer ein schlechtes Gewissen, weil sie keine „wirklichen Heldentaten" begangen hatte, wie sie sagte. Wenn sie – als Frau eines geflüchteten Kommunisten – nicht im Fokus der Behörden gestanden wäre, hätte sie wohl mehr wagen können, erzählte sie uns Enkelinnen. Vielleicht hätte sie mehr Menschen vor dem Konzentrationslager bewahren können als nur jene Handvoll, von denen übrigens nur zwei das Jahr 1948 erlebt haben. Zwei sind an Krebs verstorben, einer an einem Herzinfarkt, und ihr eigener zweiter Mann, den sie erst heimlich im Versteck und dann im Juni 1945 auch amtlich geheiratet hatte, nahm sich im September desselben Jahres das Leben. Es ist eben auch nicht leicht gewesen, ein Überlebender dieses schrecklichen Krieges zu sein.
Ein einziges Mal bin ich bisher in meinem Leben in einen Konflikt geraten, obwohl ich das jetzt gar nicht vergleichen kann und will. Vor etwa 20 Jahren – ich war Alleinerzieherin zweier Volksschulkinder – war ich nach längerer Arbeitslosigkeit bei einer kleinen Handelsfirma als Übersetzerin angestellt. Eines Tages bekomme ich eine Anfrage auf den Tisch, die ich aus dem Russischen ins Deutsche übersetzen soll und die dann an einen österreichischen Hersteller weitergeleitet werden. Soweit ist das Routine. Als ich mich an die Arbeit mache, sind da Begriffe, die ich bisher noch nie gehört habe, und ich muss öfter das Wörterbuch verwenden. Allmählich kommt mir ein böser Verdacht. Ich gehe zu meinem Chef und frage, worum genau es sich bei diesen technischen Gerätschaften handelt, doch nicht etwa um Minen? Mein Chef reagiert ungehalten: „Kümmern Sie sich nicht darum, übersetzen Sie es einfach und fertig."

„Also habe ich Recht? Aber das ist doch verboten!" Ironischerweise fand just zu dieser Zeit im Wiener Konferenzzentrum eine internationale Tagung statt, in der sich Staaten vertraglich verpflichten, Personenminen weder zu handeln noch herzustellen. Mein Chef lässt sich herab, mir zu erklären: „Wir halten uns an die Gesetze. Wir exportieren keine Minen! Wir liefern verschiedenes Material, und was die jeweiligen Auftraggeber daraus bauen, geht uns nichts an. Da könnten wir ja gleich mit unseren Geschäften aufhören."

Da sitze ich nun an meinem Schreibtisch, und in mir tobt ein Kampf. Alles in mir sträubt sich dagegen, dieses Papier zu übersetzen. Ich sehe Bilder von Kindern vor mir, denen die Beine weggerissen wurden. Ich sehe blühende Landschaften, die nicht betreten, Felder, die nicht bestellt werden dürfen. Ich denke an meinen Lebensunterhalt, an meine Kinder, an die drohende Arbeitslosigkeit. Ich denke: Wenn ich es nicht mache, macht es jemand anderer. Ich denke: Wie würde meine Großmutter an meiner Stelle handeln? Würde sie an meine „Anständigkeit" appellieren? (Für sie gab es nur zwei „Sorten Mensch": die Anständigen und jene, die es nicht sind.)

Ich habe die Übersetzung nicht gemacht, und ich habe diese Firma wenige Tage später verlassen. Ausschlaggebend waren aber nicht meine beschriebenen hehren Überlegungen, sondern die Tatsache, dass das Vertrauen zwischen meinem Chef und mir erschüttert worden war. Ich spürte auch sein Misstrauen, für ihn war ich eine unzuverlässige Mitarbeiterin, die sich im Zweifelsfall nicht loyal verhalten würde. Als er den Büroschlüssel zurück forderte und fragte, wann die Übersetzung endlich fertig sei, war es für mich der Zeitpunkt zu gehen.

Ich war mir bewusst, in einem Sozialstaat zu leben und konnte sicher sein, dass meine Kinder und ich weder hungern müssen noch ohne Wohnung bleiben. Das ist in früheren Zeiten nicht so gewesen, und ich will mir gar nicht vorstellen, wie es einem Menschen in Gewissenszweifeln gegangen sein mag, der sich keines Netzes sicher sein konnten. (Übrigens ein starkes Argument für einen sozialen Rechtsstaat!) Wer in einem Unrechtssystem auf sein Gewissen hört und danach handelt, ist wahrlich ein Held oder eine Heldin.

Der Herbst ist da, mit seinen Nebeln und gemütlichen Stunden bei Kräutertee und einem guten Buch. Genießen wir diesen Frieden, er ist keine Selbstverständlichkeit, tun wir, was in unserer Kraft steht, um ihn zu erhalten.

Ich wünsche dir gemütliche Tage und freue mich auf deinen nächsten Brief – und vielleicht auch auf ein Wiedersehen? Möglicherweise an einem Ort, der uns beiden etwas bedeutet?

Es grüßt dich herzlich

Deine Nina

11. Brief

Liebe Nina,

ja auch bei uns ist der Herbst eingetroffen und ich habe mir ein Feuer in meinem kleinen Schwedenofen gemacht und schaue nachdenklich in die Flammen. Nachdenklich, weil mich Dein letzter Brief wieder sehr beschäftigt.

Ich denke darüber nach, was ein „Gewissen" – besser noch – „mein Gewissen" – ausmacht. Ich habe ein interessantes Buch von Richard Wiseman – „Machen, nicht denken" – gelesen, in dem er das sogenannte „Als-ob-Prinzip" vorstellt. Er weist sehr eindrücklich nach, dass, wenn man sein Verhalten auf ein Ziel hin ausrichtet, sich die Realität in diese Richtung biegt.

Als gutes, wenn auch sehr bedenklich stimmendes Beispiel, beschreibt er unter anderem ein Experiment, das 1967 der junge Lehrer Ron Jones an seiner Schule in Kalifornien durchführte, um das Prinzip der Manipulation der Massen vor Augen zu führen.

Zunächst begann er recht harmlos zu Beginn jeder Unterrichtsstunde, über Selbstbeherrschung und die Schönheit von Disziplin zu erzählen. Dazu ließ er die Schüler aufrecht sitzen, die Arme hinter dem Rücken flach verschränken und mit den Fußsohlen ganz den Boden berühren. Es folgten Referate über den Wert der Gemeinschaft, und er ließ die jungen Leute wiederholt den Satz „Stärke durch Gemeinschaft" sprechen. Schließlich brachte er ihnen den Klassengruß bei und folgsam führten nun alle die rechte Hand an die rechte Schulter. Zum Ende jeder Schulstunde führte der Lehrer den Gruß selber aus und sah mit Erstaunen, dass ausnahmslos alle Schüler ihn mit dieser Geste erwiderten. Zu guter Letzt verteilte er Mitgliedskarten unter seine Schutzbefohlene mit der Aufschrift „Dritte Welle“ und forderte sie auf, andere Schüler aus anderen Klassen davon zu überzeugen, sich auch an der Bewegung zu beteiligen. Alle „Mitglieder“ wurden zudem aufgefordert, Schüler zu melden, die keinen Bock auf diese Aktion hatten. Herr Jones konnte es kaum fassen: Aber bereits in kürzester Zeit gab es über 100 Mitläufer. Einige von ihnen stellten sogar aus eigener Initiative Plakate her und verteilten Flyer.

Als er jedoch merkte, dass ihm sein Experiment aus den Händen zu gleiten drohte, da sich einige äußerst herrisch und sogar bedrohlich anderen gegenüber verhielten, bestellte er alle Schüler in das Auditorium. Als er in die Runde blickte, sah er sehr viele mit weißen Hemden und selbst gemachten Armbändern. Der Lehrer zeigte den Jugendlichen nun Bilder aus dem Dritten Reich und lüftete das Geheimnis seines Experiments. Er erklärte, dass er aufzeigen wollte, wie schnell man doch zu manipulieren war und dass die Mittel, etwas wie das Naziregime in Deutschland zu errichten, viel simpler waren, als man wohl denken mochte.

Es ist erschreckend zu sehen, wie einfach man doch die „Massen“ beeinflussen kann und wie schnell sich offenbar auch das kollektive Gewissen einer neuen Situation anpasst.

Auf der Bahnfahrt von München nach Tutzing kam ich gestern mit Manfred, einem Bekannten aus meinem Dorf, ins Gespräch.

Ich wusste von ihm persönlich nicht sehr viel mehr, als dass er bei der Bundeswehr arbeitete und eine ruhige Kugel schob – so hatte er es mir gegenüber einmal aus-

gedrückt. Da ich ihn noch nie in Uniform gesehen hatte, hielt ich ihn für einen zivilen Angestellten.
Am Nachmittag des Vortags hatte ich meine Zeitungen ausgemistet, und dabei war mir ein Artikel über den Zustand der amerikanischen Armee zwischen die Finger gekommen. Ich plauderte munter drauf los und erzählte ihm, dass ich gelesen hätte, dass im Jahr 2013 mehr amerikanische Soldaten durch Selbstmord ums Leben gekommen waren, als im Kampf gefallen. Die Zahl war erschütternd hoch – wenn ich mich recht erinnere waren es knapp 350. Aufhänger des Artikels war das Schicksal einer Familie, die ihre beiden Söhne verloren hatte. Der eine starb durch Selbstmord im Irak, der andere bei einer Patrouille in Afghanistan. Der eine bekam eine bescheidene Beisetzung, der andere wurde posthum als Held geehrt.
Ich hatte natürlich gleich im Internet recherchiert und festgestellt, dass es auch bei der Bundeswehr – speziell bei Auslandseinsätzen – öfter als allgemein bekannt zu Selbstmord unter den deutschen Soldaten kommt. Es war die Rede von mindestens fünf Prozent der Getöteten, die durch eigene Hand starben. Auch die Zahl der Soldaten, die mit posttraumatischen Störungen – gerade aus Afghanistan – zurückkehrten, hatte sich die letzten zehn Jahre verzehnfacht.
Manfred meinte, ihm seien die Zahlen durchaus bekannt, er glaube sogar, dass die Dunkelziffer weit höher läge, da viele Soldaten aus Scham über die immer wieder durchlittenen Ängste schweigen würden. Doch zu meinem größten Erstaunen berichtete mir Manfred nun, dass er selber zweimal im Einsatz in Afghanistan gewesen war.

Ich hatte bislang noch nie mit einem Soldaten gesprochen, der in der heutigen „Friedenszeit" in Kampfhandlungen verwickelt war und ich bat ihn, mir doch von seinem Einsatz zu erzählen und ob er auch in brenzlige Situationen gekommen sei. Wie brenzlig, stellte sich gleich heraus.
Er war mit einem Konvoi unterwegs zu einem entlegenen Stützpunkt, als der in einen Hinterhalt geriet. Per Fernsteuerung wurde eine Sprengladung direkt neben ihrem Fahrzeug gezündet und wären nicht nur drei der insgesamt sechs Kilo Sprengstoff explodiert, so säße er heute nicht mehr neben mir. Er und seine Männer waren noch einsatzbereit, als eine Gruppe Afghanen von einem Hügel herunterrannte. Es waren zwölf junge Männer. Die Deutschen haben sie alle erschossen.
Als ich das hörte, konnte ich es irgendwie nicht so richtig fassen.
„Und Du?" fragte ich Manfred. „Hast Du auch einen getötet?"
„Ja. Ich habe einen durch mein Zielfernrohr anvisiert und erschossen."
Nina, das war an sich schon eine unvorstellbare Situation für mich. Aber es wurde immer seltsamer, je länger Manfred weiter sprach. Davon, wie sie die Leichen geborgen und sie im nächsten Ort beim Dorfältesten abgeladen hatten.
Schließlich kam ich wieder einmal zu Wort und fragte ihn, wie er es mit seinem Gewissen vereinbaren konnte, einen Menschen zu töten. Da habe er keinerlei Probleme mit, meinte er. Soldat sein heißt für ihn, getötet werden oder selber zu töten. Und wer sich diesen Grundsätzen unterordnet, muss auch befürworten, unmittelbar

zu töten oder einen Befehl dazu zu geben. Er ist ein Anhänger von Clausewitz, jenem preußischen Militärphilosophen, der da sagte: Der Krieg ist nichts anderes als die Fortsetzung der Politik mit anderen Mitteln (und wie ich nach der Zugfahrt recherchiert habe, meinte dieser auch: Soldatische Einfachheit des Charakters ist immer der beste Repräsentant des Kriegerstandes gewesen ...).
Er sei damals zur Bundeswehr gegangen zur Heimatverteidigung gegen den Warschauer Pakt, erklärte Manfred. Ich entgegnete, das könnte ich gerade noch nachvollziehen, aber diesen „Pakt" gibt es ja seit 1991 nicht mehr. Natürlich fragte er sich kurz, damals, als ab 1990 die friedenssichernden Maßnahmen der Bundeswehr plötzlich auf das Ausland ausgedehnt wurden, ob das alles noch rechtens sei. Aber nachdem alle Auslandseinsätze vom Bundesverfassungsgericht abgesegnet wurden, sei das für ihn kein Problem. Er stehe ganz auf dem Boden des Grundgesetzes.
Als Soldat habe er das nicht zu hinterfragen – obwohl er sich schon gewünscht hätte, die deutschen Einsätze würden auf politischer Ebene besser begründet. Er vermisse da etwas die Argumentation. In Afghanistan würden die Soldaten jedenfalls die Brutstätte des Terrorismus bekämpfen, die unsere Demokratie bedrohen (nun, unter uns gesagt, frage ich mich dann allerdings, was deutsche Soldaten in Diyabarkir/Türkei, in Phnom Penh/Kambodscha, im Kosovo, in Somalia, im Irak, in Kuwait, in den Vereinigten Arabischen Emiraten, in Mombasa/Kenia, am Horn von Afrika, in Dschibuti, der Republik Kongo, Mazedonien, in Gabun, vor der Küste des Libanon und im Südsudan zu suchen hatten/haben ???).

Ich merkte sehr bald bei unserem Gespräch, dass er sehr gut rhetorisch geschult war, aalglatt, um es besser auszudrücken, und kam noch einmal auf den Zwischenfall in Afghanistan zu sprechen. Haben seine Kameraden das Töten auch so locker weggesteckt wie er? Da musste er zugeben, dass in dem angegriffenen Fahrzeug auch zwei junge Soldaten gesessen haben. Den einen konnte man durch Gespräche „stabilisieren", der andere verkraftete die Tatsache nicht, anderen jungen Männern das Leben genommen zu haben. Ihn musste man nach Hause schicken.

1981 wurde vor dem Landgericht in Limburg ein Angeklagter freigesprochen, der da verbreitet hatte: „Jeder Soldat ist ein berufsmäßiger Mörder, jeder Ausbilder ein Anstifter zu Mordtaten, jeder Luftwaffenpilot ein professioneller Bombenwerfer, jede Armee ist eine Terrorbande." Jetzt frage ich Dich (und natürlich immer wieder mich): Habe ich nun mit einem Helden oder mit einem Mörder zusammengesessen? Da kenne sich noch jemand aus.

Darf ein deutscher Soldat wirklich einen Afghanen in dessen eigenem Land töten? Meiner Meinung nach genauso wenig wie ein Afghane in Deutschland töten darf. Manfred ist der Bundeswehr zur Verteidigung seines Vaterlandes gegen den Kommunismus beigetreten. Aber er billigt einem Afghanen nicht zu, sein Heimatland gegen westlichen Einfluss zu verteidigen, der vielleicht seiner muslimischen Einstellung nicht entspricht. Mit meinem Gewissen könnte ich das nicht vereinbaren.

Du schreibst sehr richtig, dass erst ein zukünftiger Blick in die Vergangenheit Ordnung bringen wird.

„Der Mord ist ein Verbrechen, wenn ein einzelner ihn

begeht: aber man ehrt ihn als Tugend und Tapferkeit, wenn viele ihn begehen. Also nicht mehr Unschuld sichert Straflosigkeit zu, sondern die Größe des Verbrechens!" Das schrieb Cyprian von Karthago um 200 nach Christi Geburt. Das spricht mir aus der Seele – leider bringt es mich aber auch nicht weiter mit der Frage, was eigentlich mein eigenes, individuelles Gewissen ausmacht, jene seltsame Instanz in meinem Bewusstsein, die Gutes von Bösem trennt. Ich unterwerfe mich einer Wertvorstellung einer freiheitlich-demokratischen Gesellschaftsordnung, vielleicht noch gewürzt mit meiner katholischen Erziehung und komme zu dem Schluss, dass Töten, egal aus welchem Grund auch immer, mit meinem Gewissen nicht zu vereinbaren ist.

Manfred unterwirft sich genau den gleichen Normen, bezeichnet sich sogar als aktiven Christen – und kommt zu einem vollkommen anderen Schluss. Ich würde meinen, er wurde einer Gehirnwäsche unterzogen, nach genau dem gleichen Muster, die schon Ron Jones aufgezeigt hat.

Ist es wirklich bereits wieder so weit in Europa gekommen, dass unsere Soldaten auf dem „Kriegspfad" wandeln und man uns das Ganze unter dem Titel „Friedensmission" verkaufen will? Ich muss zugeben, ich bin beunruhigt.

Gleichzeitig denke ich mir aber, was Ron Jones an einer kalifornischen Schule konnte, dass könnte mir doch auch hier in Deutschland gelingen. Vielleicht sollte ich eine Aktionsgemeinschaft „Friedenswelle" ins Leben rufen, einen Gruß kreieren, an dem sich alle Mitglieder erkennen, ein tolles Logo noch dazu und einen flotten Spruch wie etwa: Nur Frieden macht reich!

So hätten wir alle etwas zu gewinnen – geht es bei Manipulation nicht grundsätzlich darum?

Ein herzliches as-salamu ‚alaikum – Friede sei mit Dir, liebe Nina.

Deine Barbara

12. Brief

Liebe Barbara,

genau dieser Gedanke am Schluss deines Briefes ist auch mir bei der Schilderung dieses Experiments durch den Sinn gegangen: Wenn eine Gruppe in Richtung Unheil manipulierbar ist, so müsste das doch genauso in die andere Richtung funktionieren. Obwohl mich die Vorstellung belustigt, alle gingen engelsgleich mit einem Lächeln im Gesicht herum und sängen Lieder von Friede, Glück und Harmonie, verspüre ich dennoch ein ungutes Gefühl. Ich bin allergisch gegen die Vorstellung jeglicher Manipulation, egal vor welchem Hintergrund oder aus welchen hehren Motiven. Das schließt auch meine Allergie gegen die Werbung mit ein. Es sind noch fast zwei Monate bis Weihnachten, aber schon jetzt werden wir angehalten, unsere Einkäufe für die Lieben rechtzeitig zu erledigen. Außerdem werden uns selbst neue Wünsche eingepflanzt, die dann so stark werden, dass wir sie als Bedürfnis wahrnehmen und dieses oder jenes Produkt unbedingt haben müssen.

Und immer wieder lande ich auf der Suche nach einem Ausweg aus dieser Falle, in die zu tappen wir alle nicht gefeit sind, bei der Vorstellung, dass Aufklärung, Information und Bildung möglicherweise weniger anfällig macht für Manipulation. Wenn ich zum Beispiel weiß, wie es um die Arbeitsbedingungen in gewissen Branchen steht, oder dass ein Konzern sich um die Steuern drückt, die kleine Händler selbstverständlich voll bezahlen müssen, wenn ich all dieses schon einmal gehört habe, wird das doch in meine Entscheidung einfließen, wo ich etwas kaufe? Oder zählt nur der Preis?

Neulich wollte ich mir einen Schirm kaufen. Man will es

ja nicht glauben, aber es gibt tatsächlich noch einige wenige dieser Läden, die betrittst du und bist in einer anderen Welt und einer anderen Zeit. Der Schirm, den ich mir gekauft habe, ist trotzdem einer mit moderner Automatik. Wenn er einmal kaputt werden sollte, wird ihn mir die Ladenbesitzerin reparieren, sie ist gelernte Schirmmacherin und hat eine kleine Werkstatt hinter dem Laden. Und so ganz nebenbei habe ich bei einem kleinen Plausch eine kurze zeitgeschichtliche Lektion über das Handwerk, das Geschäft und über den Stadtteil erhalten.
Bei einer Diskussion zum Thema Krieg hat einmal jemand gesagt: „Menschen, die konsumieren, haben keine Lust auf Krieg." Klingt einerseits irgendwie tröstlich, andererseits macht es mir Angst. Wer verführbar ist, ist es wohl in alle Richtungen …

Liebe Barbara, wir schreiben einander jetzt seit fast einem Jahr. Schön, dass wir uns doch so viel zu sagen haben, und schön, dass wir einander nahe gekommen sind, das deutet darauf, dass wir einander vertrauen. Es sind ja doch Dinge angesprochen worden, die man nicht so ohne weiteres mit anderen teilt. Dinge, die man lange in sich verborgen gehalten hat, vielleicht, weil das richtige Ohr dafür nicht da war? Ich möchte mich dafür bedanken und dir vermitteln, wie wichtig und richtig es sich anfühlt, mich mit dir auszutauschen.
Ich habe es ja bereits angedeutet: Ich finde, bald wäre der richtige Zeitpunkt für ein gemeinsames Erleben gekommen. Die Idee, einen Ort aufzusuchen, der für deinen Vater oder für meinen Vater bedeutsam gewesen ist, finde ich gut. Ich habe es früher stets abgetan, aber mitt-

lerweile hat mich die Erfahrung gelehrt, dass ein Platz etwas speichern kann, nenne es Magie oder Energie oder Feinstofflichkeit. Meine russische Mutter, die immer eine passende Volksweisheit für alles mögliche parat hatte, hatte auch eine für folgendes Phänomen: Vielleicht kennst du das, manchmal überkommt einen ein unwillkürliches Frösteln, ein kurzes Schütteln des Körpers. Wenn sie das bei mir wahrnahm, sagte sie: „Jetzt ist jemand über dein Grab gegangen." Ich fragte: „Wie ist das möglich, ich lebe ja noch?". „Ja, aber einmal wirst du gestorben sein, und deine Knochen oder deine Asche werden an irgendeinem Platz liegen. Und über diesen Platz ist gerade jemand hinweg gestiegen ..."
In den 1980er Jahren habe ich in Moskau gelebt. Es gibt dort einen Park, in dem ich oft spazieren gegangen bin, mit meiner kleinen Tochter im Kinderwagen. An einer bestimmten Biegung des Weges kam mir ganz unvermittelt meine verstorbene österreichische Großmutter in den Sinn, und das wiederholte sich mehrere Tage lang. Sie war sehr präsent, und es war keine traurige Begegnung. Ganz klar habe ich ihr Gesicht vor mir gesehen, und wie sie sich über ihre Enkelin freut, die sie nie kennenlernen konnte, weil sie während meiner Schwangerschaft starb. Was es ausgerechnet mit diesem Ort im fernen Moskau auf sich hatte? Meine Großmutter war nie selbst da gewesen, aber ihre beiden Söhne lebten dort im Exil und sie versuchte vergeblich, zu ihnen zu gelangen. Warum sie sich ausgerechnet diesen Park ausgesucht hat, um uns zu ‚besuchen'? Ich werde es nicht ergründen. Aber ich bin darin bestärkt worden, dass Orte etwas bewahren, und dass wir uns öffnen können für ihre Botschaften.

In diesem Sinne: Ich wünsche mir dich als Gefährtin auf einer solchen Reise, weil ich glaube, dass du die Richtige bist.

In Freundschaft verbunden,

Deine Nina

Über uns

Christine Barbara Philipp entdeckte sehr früh ihre Liebe zum Reisen in die ganze Welt, zum Schreiben, Fotografieren und Malen.

Neben Bildbänden und Reisebüchern bei verschiedenen Verlagen – ihr „Reisehandbuch Südafrika“ im Reise Know-How Verlag ist preisgekrönt – hat sie Romane, Krimis und Kurzgeschichten verfasst. Sie lebt in Bernried am Starnberger See.

Ljuba Arnautovic ist eine österreichische Übersetzerin, Journalistin und Autorin mit russischen Wurzeln. Ihre Texte wurden in Literaturzeitschriften und Anthologien veröffentlicht. 2014 wurde ihr der Exil-Literaturpreis für eine ihrer Kurzgeschichten verliehen. Für die Arbeit an ihrem ersten Romanprojekt wurde ihr ein staatliches Jahresstipendium zuerkannt. Ihr Debütroman mit dem Titel „Im Verborgenen“ erschien 2018 bei Picus, wurde für den Österreichischen Buchpreis nominiert und erlebt mittlerweile die 3. Auflage. Im Frühjahr 2021 wird ihr zweiter Roman mit dem Titel "Junischnee" bei Zsolnay erscheinen. *Foto: Paul Feuersänger*

Die beiden Autorinnen sind Schulfreundinnen. Sie besuchten zusammen ein Münchener Gymnasium.

Im Wien der vierziger Jahre lebt die stille Heldin Eva. Sie rettet zahlreiche Leben – und verspielt dabei fast ihr eigenes.
ISBN: 978-3-7117-2059-7

Krimis und **Romane** von **Christine Barbara Philipp** sind in der **Edition Aura Mundi** erschienen. Informationen über Facebook und Instagram.

Löwenanteil – ein Krimi aus Südafrika
Ein grauenhafter Tod ereilt drei Menschen auf einer Lodge im südafrikanischen Busch. Die Umstände sind mysteriös, alles deutet auf einen Angriff von Löwen hin. Ist es ein Unglücksfall? Oder ist es vielleicht doch Mord? Die deutsche Versicherungsdetektivin Eva Larson reist nach Südafrika, um das Rätsel der Todesfälle zu lösen. Bald entdeckt sie, dass die Drei ein schreckliches Geheimnis miteinander verbindet.

Shivas zweites Gesicht – ein Krimi aus Bali
Carina von Wolfsberg, eine junge Studentin, liegt in einem Krankenhaus auf Bali – der Insel der Götter – im Koma. Sie war in einem Tempel unter mysteriösen Umständen zusammengebrochen. Die deutsche Detektivin Eva Larson wird gebeten, Licht ins Dunkel dieses seltsamen Falles zu bringen und wird in lebensgefährliche Situationen verstrickt. Nichts ist wie es scheint auf dieser Insel, auf der Götter und Dämonen das Leben der Inselbewohner noch heute bestimmen.

Wunderheilung – ein Krimi aus Ecuador
Dem deutschen Unternehmer Hagen Stern wird eine unheilbare Krankheit diagnostiziert. Als letzten Ausweg sieht er den Besuch bei einem Heiler in Ecuador. Das Wunder geschieht und er kehrt vollkommen gesund zu seiner Familie zurück. Diese reagiert über die Heilung nicht gerade erfreut, fährt mit ihm aber noch einmal nach Ecuador, da sich Stern dort bei seinem retter bedanken möchte. Wenige Tage später ist er tot. Erschlagen.

Der Wunsch

Der spannende Roman erzählt die Geschichte einer Reise in die menschliche Psyche.
Barbara, die Heldin des Romans, erlernt – trotz der Warnungen ihres indianischen Gefährten und Ausbilders Wayne, – die schamanische Kunst der Transformation, mit deren Hilfe sie sich in einen Adler verwandeln kann.
Auf dem langen Weg der Selbstfindung und der Rückverwandlung in einen Menschen, erkennt Barbara, welch verheerende Wirkung egoistische Ziele haben können, wenn man sie mit spirituellen Mitteln zu erreichen versucht.